C000127072

Mani Pourbaghai

# Leben zwischen Hölle und Freiheit

Roman

Mani Pourbaghai: *Leben zwischen Hölle und Freiheit*

Gedruckt auf säurefreiem und alterungsbeständigem Papier.

Die Deutsche Bibliothek - CIP-Einheitsaufnahme
Ein Titeldatensatz für die Publikation ist bei der
Deutschen Bibliothek erhältlich

ISBN 978-3-7482-6304-3  (Paperback)
ISBN 978-3-7482-6305-0  (Hardcover)
ISBN 978-3-7482-6306-7  (eBook)

Massoud Pourbaghai: *Leben zwischen Hölle und Freiheit*
© Massoud Pourbaghai 2019

Verlag und Druck: tredition GmbH, Halenreie 40-44, 22359 Hamburg

Anschrift des Autors:
Diplom-Geol. Massoud Pourbaghai
Absolvent der Christian-Albrecht-Universität zu Kiel
22339 Hamburg
Mobil: 01724269435
Festnetz: 040-6400834

Handlung und alle handelnden Personen dieses Buches sind frei er-funden. Jegliche Ähnlichkeit mit lebenden oder bereits verstorbenen Personen wäre rein zufällig. Das Werk einschließlich aller seiner Teile ist urheberrechtlich geschützt. Jede Verwertung außerhalb der engen Grenzen des Urheberrechtsgesetzes ist ohne Zustimmung des Verlages unzulässig und strafbar. Das gilt insbesondere für Vervielfältigungen, Übersetzungen, Mikroverfilmungen und die Einspeicherung und Verarbeitung in elektronischen Systemen.

Mani Pourbaghai

Leben zwischen Hölle und Freiheit

Roman

## Romane & Erzählungen

Die in diesem Buch erzählte Geschichte beruht auf einer wahren Begebenheit: Sie handelt vom Leben einer Person aus dem Iran-Teheran. Er wird in dieser Geschichte Mani genannt. Als er drei Jahre alt war, wollte sein depressiver Vater ihn mit seiner geladenen Dienstpistole töten. Zuvor wollte er Manis Mutter totschießen, doch die Kugel verfehlte ihr Ziel. Später trennten sich seine Eltern. Durch die Scheidung erlebte das kleine Kind Mani eine traurige, grausame Kindheit. Seine Schulzeit verbrachte er in einer streng religiösen Schariaschule mit religiösen Regeln, wo jeder Verstoß gegen sie mit Stockschlägen auf die Handflächen geahndet wurde.

Mani lief oft vom Haus seines Vaters in Teheran weg. Später heiratete sein Vater eine andere Frau. Diese Frau war eine strenge Stiefmutter. Sie misshandelte Mani permanent. Er war ein schwaches Kind und konnte sich nicht wehren, doch später, als er größer und kräftiger wurde, setzte er sich gegen die Unterdrückung zur Wehr. Auf dem Gymnasium behandelten ihn alle respektvoll; er nahm sogar seine junge Schwester Heide unter seine Obhut. Schließlich absolvierte er ein mathematisch-naturwissenschaftliches Abitur am Marvi-Gymnasium in Teheran.

Nach dem Abitur ging Mani nach Deutschland, um dort zu studieren. In dem fremden Land erwarteten ihn viele Überraschungen und Herausforderungen, doch mit Hilfe seines Ehrgeizes und seiner Tüchtigkeit gelang es ihm, allen Widrigkeiten zu widerstehen. Ausdauernd verfolgte er seine Ziele, verlor sie nie aus den Augen und gab nie auf. Auf diese Weise wurde Manis Ausbildung in Deutschland für ihn der Beginn einer noch wichtigeren Aufgabe: seine berufliche Laufbahn, seine Karriere. Heute kämpft er weiter für sein unterdrücktes Land im Iran, das unter der Herrschaft der Ayatollahs steht. Er wird oft bedroht. Aus diesem Grund versucht er permanent, sich vorsichtig zu verstecken.

# Inhalt

Mani Pourbaghai: *Leben zwischen Hölle und Freiheit*

**Vorwort**

Ich bin Diplom-Geologe und Geophysiker, Absolvent der Christian-Albrechts-Universität zu Kiel. Nach meinen persönlichen Erfahrungen komme ich zu folgender Meinung: Das Leben besteht aus mehreren Teilen oder Episoden. Was meine ich damit? Der erste Teil: das Leben als Fötus oder Fetus. Dieses Leben beginnt während der Schwangerschaft nach Ausbildung der inneren Organe; vorher spricht man von einem Embryo. Die sogenannte Fetalperiode setzt beim Menschen in der neunten Schwangerschaftswoche ein und endet mit der Geburt. Der Mensch bewahrt in seinem Gedächtnis keine Erinnerung an diesen ersten dunklen Teil seines Lebens.

Der zweite Teil betrifft den Beginn unseres Lebens nach der Geburt. In dieser Periode fängt das eigentliche Leben des Menschen an, und nicht umsonst beginnen wir mit der Geburt die Lebensjahre zu zählen. Unser Alter rechnet nun nach Jahren, setzt sich sozusagen mathematisch fort. Gleichzeitig erhält jedes Neugeborene bei seiner Geburt einen Namen, seinen Vornamen, und außerdem einen Familiennamen, normalerweise den des Vaters.

Im Rahmen unserer persönlichen Entwicklung erleben wir unterschiedliche Lebensabschnitte und Reifeperioden, doch sie haben mit unserem mathematischen Alter wenig zu tun: Die abstrakte mathematische Zahl hat keine Auswirkungen auf unser alltägliches Leben. Seine Entwicklung hängt von anderen Faktoren ab – Begabungen wie Ehrgeiz, Fleiß oder Intelligenz, aber auch Faktoren, auf die wir keinen Einfluss haben: Glück und Missgeschick oder das, was man Schicksal nennt. Hinzukommt unsere allgemeine Vitalität, also unser körperliches, geistiges und psychisches Wohlbefinden. Viele Menschen fühlen sich wohler, wenn sie glücklich sind. Deshalb ist der glückliche Mensch fitter und gesünder als der unglückliche, und deshalb hat er meist auch ein jüngeres, attraktiveres Aussehen. Viele Menschen empfinden ihr inneres Alter als deutlich jünger als ihr mathematisches, und bei einigen scheint diese Empfindung sogar der Wahrheit zu entsprechen.

Meine Erfahrungen in Deutschland in Bezug auf das mathematische und innere Alter sind eigenartig. Arbeitet man hier in einer Firma, wird man schnell nach seinem Alter gefragt, meist durch Kolleginnen und Kollegen. Ich habe mich inzwischen an diese Frage gewöhnt. Immer sollte ich jedem in der Firma, in der ich gerade beschäftigt war, mein Alter bekanntgeben. Später dann war ich über dreißig Jahre selbständig und hatte mit Hunderten von Menschen zu tun – erstaunlicherweise hat mich niemand von ihnen je nach meinem Alter gefragt.

Abgesehen von Situationen, in denen man sich ausweisen muss, etwa auf Behörden, wird man außerhalb Deutschlands kaum je nach seinem Alter gefragt, denn die Frage gilt als unhöflich, als untunlich. So weiß ich zum Beispiel nicht einmal, wie alt meine Eltern oder Großeltern und viele meiner Familienangehörigen oder Freunde sind. Doch dieses fehlende Wissen stört mich nicht. Ich selbst frage niemand nach seinen Jahren, denn ich habe mehr Interesse am Charakter eines Menschen als an seinem biologischen Alter.

Doch zur eigentlichen Geschichte dieses Buches: Die folgenden Seiten schildern das wahre Leben des Akademikers Mani Pourbaghai. Er ist geschieden und hat zwei eheliche Kinder mit seiner Ehefrau Christel. Sein erstes eheliches Kind war sein Sohn Marcel, das zweite Kind seine jüngste Tochter Maria. Zusätzlich hat er ein weiteres uneheliches Kind von seiner Jugendverlobten Elisabeth, Claudia.

Mani Pourbaghai wurde in Teheran im Iran geboren. Die meiste Zeit seines Lebens verbrachte er in Hamburg, erklärtermaßen seine Lieblingsstadt. Dort wurde ihm im Rahmen einer prachtvollen Feier im Rathaus durch den Bürgermeister der Hansestadt die deutsche Staatsangehörigkeit verliehen. Das amtliche Dokument wurde ihm persönlich durch ihn ausgehändigt.

Nach einigen Jahren in Deutschland absolvierte Mani Pourbaghai ein Studium am Fachbereich Geologie und Geophysik der Christian-Albrecht-Universität zu Kiel. Die Schwerpunkte waren Meeresgeologie und Sedimentologie. Nach seinem eigenen Wunsch und persönlichen Interessen folgend, beantragte er beim zuständigen Amt an der Kieler Universität, zwei Diplomarbeiten schreiben zu dürfen. Seinem Antrag wurde stattgegeben, und die erste Arbeit behandelte die geologische Kartierung eines Gebiets im Harzvorland, während die zweite in Geophysik sich mit Erdbebenparametern im Peloponnes und in Mitteleuropa beschäftigte.

Nach erfolgreicher Beendigung seines Studiums begann Mani Pourbaghai mit Hilfe seiner damaligen Ehefrau Christel[1] eine unternehmerische Tätigkeit in Hamburg, indem sie eine GmbH gründeten. Das Unternehmen war erfolgreich und wuchs schnell. Bald konnte das Paar Filialen in Hamburg, Wedel und Sievershütten eröffnen. Während dieser Zeit beschäftigte Mani über hundert Mitarbeiterinnen und Mitarbeiter, und dabei stand seine Ehefrau Christel ihm stets zur Seite.

---

[1] Mit Blick auf den persönlichen Datenschutz wurden einige Namen geändert.

## Kapitel 1: Aufbruch und Dunkel

Mani verbrachte seine Kindheit in Teheran, eine der größten Metropolen des Nahen Ostens. Er wurde dort geboren und lebte hier mit seinen Eltern und Großeltern sowie deren Kindern in einem großen Haus im Zentrum der Stadt.

Manis Vater hieß Amir. Als Mani drei war, war er achtundzwanzig Jahre alt, 185 cm groß und athletisch gebaut, mit einem sportlichen, muskulösen Körper. Der Vater war Offizier bei der Armee und bildete Rekruten für Spezialeinheiten aus. Er liebte seinen Beruf über alles, war korrekt und tat seine Arbeit sorgfältig und voller Begeisterung. Neben seiner Tätigkeit als Offizier arbeitete er in einer Gießerei und fertigte dort Ersatzteile für Waffen an, denn auf diesem Gebiet war er ein beschlagener Experte.

Durch seine Tüchtigkeit, seine offene Art und seine Stellung in der Armee war Amir sehr populär. Bei seinen Kollegen und Vorgesetzten war er beliebt, und überall kam er gut an. Doch durch seine stattliche Erscheinung imponierte er auch vielen Frauen, und so kann man sagen, dass er ein Frauenschwarm war.

Amirs Frau hieß Nuri. Sie war damals zweiundzwanzig, schlank und hübsch mit braunen, strahlenden Augen. Nuri hatte schwarzes langes Haar und trug es in einer modernen Frisur, nach oben gesteckt und gebündelt. Auf ihrer linken Wange prangte ein schwarzes Muttermal – ein kleiner Makel, der sie fast noch reizender und anziehender wirken ließ.

Amir und Nuri hatten einen kleinen Sohn: Mani. Er hatte schulterlange schwarze Haare und schöne braune Augen. Ihr Glanz imponierte jedem, der ihn traf. Mani war ein hübsches, ruhiges, freundliches Kind. Er war sehr kontaktfreudig. Viele Kinder freundeten sich mit ihm an und trafen ihn jeden Tag, um mit ihm zu spielen. So zählte Mani, als er drei Jahre alt war, weit und breit zu den glücklichsten Kindern. Er wurde von seinen Freunden und Verwandten geliebt und von der Nachbarschaft gelobt.

Die Ausstrahlung der schönen Mutter und ihres hübschen Sohns erregten überall Bewunderung. Schlenderten sie zusammen durch die Straßen Teherans, sahen Nuri und Mani fast aus wie zwei Puppen aus dem Schaufenster. Sie waren auf die Bewunderung, die sie erregten, stolz und ließen sich von bekannten Fotografen für Sammelwerke fotografieren. Amir, der Vater, liebte seine Familie abgöttisch. Er war stolz, eine so glückliche Familie zu besitzen, und am Anfang war er immer bei ihr zu Hause.

Doch er bekam oft Liebesbriefe von fremden Verehrerinnen, die ein Rendezvous mit ihm wollten. Nach und nach wurde er den fremden Frauen gegenüber schwach, traf sich mit ihnen und vergaß die Treue, die er Nuri versprochen hatte. Die Gefühle, welche die fremden Frauen in ihm weckten, ließen seine Liebe zu Nuri allmählich erkalten, und schließlich begann er, sie nicht nur zu betrügen, sondern auch zu vernachlässigen.

Am Anfang traf er sich nur ab und zu mit einer Frau, doch später, nicht zuletzt durch den Alkohol, dem er nur allzu gern zusprach, wuchs seine Sehnsucht nach fremden Reizen, und nun ging zu ständig zu neuen Treffen. Nuri wurde durch den ständigen Betrug eifersüchtig. Sie liebte ihren Mann, doch seine andauernde Untreue konnte sie nicht ertragen. Anfänglich kam Amir nach seinen Rendezvous, zu denen es ihn ein- bis zweimal in der Woche zog, zwischen zwei und vier Uhr morgens nach Hause, doch später war er fast jeden Tag unterwegs, und schließlich blieb er sogar bis fünf Uhr morgens fort.

Nuri war in den Nächten, in denen Amir fortging, einsam. Der Gedanke, dass ihr geliebter Mann sich in diesem Moment mit einer anderen, fremden Frau vergnügte, lastete auf ihrer Seele wie ein Stein. Kalte Schauer liefen ihr über den Rücken, sie litt unter Schüttelfrost, und schließlich bekam sie sogar nervöses Fieber.

Wegen der starken Hitze übernachtete die Familie, wie in Teheran im Sommer üblich, im Garten. Die Stille der Nacht und der prachtvolle Himmel über den Dächern hätten eigentlich beruhigend wirken müssen, doch Nuri tröstete das Sternenzelt nicht. Sie blickte empor zum Himmel, zum kalten Glanz der Sterne und zu ihrem Begleiter, dem fahlen Mond, doch dabei fühlte sie nichts als Leere und Angst. Vor Aufregung konnte sie kaum schlafen, denn bei jedem Knacken eines Zweigs, jedem Wispern des Windes in den Winkeln des Gartens dachte sie, Amir sei zurückgekehrt. Die kalten Tränen in ihren Augen wollten nicht mehr trocknen, und mit jeder Sekunde schien die Zeit langsamer zu verrinnen.

Nuri fühlte sich von Amir betrogen. Alle seine Versprechungen, ihr treu zu sein und zu bleiben, hatte er gebrochen. Jede Minute wartete sie erschöpft auf seine Rückkehr, und Nacht für Nacht wurde sie unruhiger. Oft umarmte sie vor Verzweiflung und Angst ihren kleinen Sohn mit zitternden Händen und Tränen in den Augen und dachte dabei an ihren Mann. Sie wälzte sich neben Mani hin und her, und es dauerte Stunden, bis sie endlich erschöpft einschlief.

Mani litt unter dem, was er sah und hörte. Am Anfang waren es nur leichte Beunruhigungen, doch allmählich wuchsen das Leid und die Angst auch in ihm.

Mani hatte seinen Vater und seine Mutter lieb. Amir fehlte ihm ebenso, wie er Nuri fehlte. Der Streit zwischen den Eltern wurde immer häufiger und heftiger. Mani bekam dann immer Angst und zitterte am ganzen Leib. Wenn er die lauten Stimmen hörte, flüchtete er aus dem Elternzimmer und schlich sich mit zitternden Händen und Knien in sein Zimmer. Dort hockte er traurig in einer Ecke. Manchmal war der Streit so laut, dass er sich vor Angst Augen und Ohren zuhielt; nur ab und zu nahm er die Hände von den Ohren, um zu lauschen, ob es vorbei war.

Doch schien der Streit beendet, setzte er gleich darauf wieder ein. Für ein kleines Kind war dies alles eine große seelische und körperliche Belastung. Mani wurde immer trauriger und unruhiger. Er lebte in ständiger Furcht, wagte es aber nicht, mit anderen über seine Sorgen zu sprechen. Schon lange konnte er nicht mehr stolz auf seine Eltern sein oder aus vollem Herzen lachen. Das, was er als fröhliches Kind jeden Tag, jede Stunde getan hatte, wollte ihm nicht mehr gelingen, denn sein Inneres war zerrissen von Schmerz. Immer wieder versuchte er, sich von dem Alp zu befreien, aber da er ein kleines Kind war, gelang es ihm nicht – eigentlich wusste er nicht einmal, warum in ihm eine so große Dunkelheit war.

Alle Freunde und Verwandten wussten über die Ehekrise der Eltern natürlich Bescheid, aber niemand konnte etwas dagegen zu tun. Amir war nicht mehr zu bremsen mit seinen Affären. Ständig wurde er von fremden Frauen verlockt, und so waren die Eltern nicht in der Lage, ihren ewigen Streit zu beenden. Gelegentlich versuchten sie, Mani mit Süßigkeiten und Geschenken zu beruhigen, aber Schokolade und Bonbons halfen ihm nicht.

Kinder im Alter zwischen drei und vier bekommen sehr viel von ihrer Umgebung mit. In diesem Alter sind sie hochempfindlich und vor allem sehr stolz. Jedes Elternteil, Mutter und Vater, hat für das Kind eine große Bedeutung. Kinder projizieren jedes Problem auf das eigene Herz. Jedes Kind braucht eine liebende Mutter und einen liebenden Vater, die gut miteinander umgehen. Eigene Wünsche wiegen sie mit der Goldwaage, und daher leidet in diesem Alter jedes Kind tief unter Problemen in der Familie. Mani litt jeden Tag und jede Stunde. Doch er war so stolz, dass er mit niemanden darüber zu reden wagte.

Natürlich trug Manis Vater durch seine Leichtfertigkeit die Verantwortung für die dramatische Krise. Er versuchte, sich ihr mit Ausreden zu entziehen, doch sie wurden nur Anlass für neuen Zwist. Mani hatte nur einen Wunsch: Er wollte, dass seine Eltern endlich aufhörten mit ihrem Streit und wieder wie früher fröhlich und glücklich waren. Sie sollten wieder Spaß am Leben haben, sollten es genießen und mit ihm zum Spielplatz gehen. Sie sollten sich endlich wieder verstehen und ihr Leben in Frieden leben. Selten, ab und zu, gab es einmal eine Ruhepause, aber es dauerte nie lange, bis der Streit wieder aufflammte. Gelegentlich versuchte Mani, die Eltern zu beruhigen, aber da er zu klein war und ihre Probleme nicht einmal verstand, gelang es ihm nicht.

**Kapitel 2: Die Schießerei**

Nach und nach eskalierte der Streit zwischen den Eltern immer mehr. Nuri war wegen der ewigen Untreue ihres Mannes unglücklich und wurde immer nervöser. Immer häufiger zitterten ihre Hände. Nach jeder Auseinandersetzung schwoll der Streit weiter an wie eine Lawine, deren Lauf durch nichts gestoppt werden kann, und schließlich kam es zu einem tragischen Höhepunkt, den keiner der Beteiligten je vergessen sollte.

Während einer Auseinandersetzung kochte Amir vor Wut und Ärger. Er konnte sich einfach nicht mehr beherrschen, war außer Rand und Band. Er verlor völlig die Nerven, war nicht mehr in der Lage, sich zu kontrollieren. Er zitterte am ganzen Leib. In diesem Moment fing Nuri an, hysterisch zu schreien. Sie war nicht mehr zu bremsen, denn sie hatte Angst.

Amir konnte das Geschrei seiner Frau nicht ertragen. Er musste sie mit allen Mitteln zur Ruhe bringen. Weit und breit war kein Mensch zu sehen oder zu hören; die ganze Familie und Mani waren unterwegs. Keiner konnte den beiden zur Hilfe kommen oder zwischen ihnen vermitteln.

Nuri stand im Abstand von vier Metern vor ihrem Mann. Plötzlich holte er seine Dienstwaffe hervor, um sie zu einzuschüchtern, ein amerikanischer Colt. Sie war geladen. Amirs Hände zitterten wie bei einem Erdbeben. Dann schoss er ohne zu überlegen in Richtung seiner Frau.

Glücklicherweise verfehlte der Schuss Nuri und ging zwischen ihren Füßen vorbei. Die Kugel traf eine Schere auf dem Boden, spaltete sie in zwei Teile und hinterließ ein Loch im Boden.

Nuri flüchtete in panischer Angst. Blitzartig war es still geworden, denn ihre Ohren waren von dem Knall wie betäubt. Gott sei Dank, dass Mani, ihr kleiner Sohn, nicht zu Hause war und die dramatische Szene nicht miterlebt hatte!

Auch Amir verließ nach der Schussattacke verwirrt das Haus. Er wollte zu seinem Auto in der Hauptstraße. Unterwegs, kurz vor seinem Wagen, traf er Mani mit seiner Großmutter. Er begrüßte die beiden freundlich, als wäre nichts geschehen, denn er wollte verhindern, dass Mani zu seiner Mutter ging und von der Attacke hörte. Liebevoll umarmte er seinen Sohn und fragte ihn, ob er Lust habe, mit ihm spazieren und vielleicht ins Puppentheater zu gehen. Mani war von der Idee begeistert und wollte unbedingt mit seinem Vater gehen.

Gleichzeitig sagte die Schwiegermutter zu Amir, zu Hause warte Arbeit auf sie, sie habe nur wenig Zeit. Amir sagte ihr kein Wort über den Streit mit Nuri. Die Schwiegermutter verabschiedete sich und ging allein zu ihrer Tochter, und Amir setzte seinen Weg mit Mani in Richtung Auto fort.

Die Schwiegermutter hatte keine Ahnung, was mit ihrer Tochter passiert war. Kaum zu Hause angekommen, traf sie auf die weinende Nuri, die ihr von den dramatischen Geschehnissen berichtete. Als sie von der Attacke mit der Pistole hörte, war sie entsetzt. Sie umarmte und tröstete ihre Tochter wie ein kleines Kind.

Kurze Zeit danach kamen Verwandte und Freunde sowie Nachbarn, denn der Schuss hatte alle aufgeschreckt, und die Nachricht, dass ein Unglück geschehen sei, hatte sich verbreitet wie ein Lauffeuer. Alle waren entsetzt und bemühten sich um die erschöpfte Nuri. Jeder versuchte, sie zu trösten und zu beruhigen, und alle waren froh, dass kein Blut vergossen worden war. Hin und wieder, wenn die Erinnerung an das Erlebte sie überwältigte, schluchzte Nuri auf, weinte und zitterte. Schießereien hatte sie bisher nur im Kino gesehen. Manchmal erschien ihr alles wie ein Albtraum, doch die zerspaltene Schere und das Loch im Wohnzimmerboden waren der unzweifelhafte Beweis, dass das, woran sie sich schmerzvoll erinnerte, real geschehen war.

Die Nachbarn und Verwandten versuchten, Nuri zu besänftigen. Nicht zuletzt hatte sie Furcht um Mani. Sie wollte ihr Kind finden, zu sich holen und unter ihre Obhut nehmen, denn an der Seite seines unberechenbaren Vaters war es auf keinen Fall sicher. Doch Vater und Sohn waren spurlos verschwunden.

Nuri war wegen ihres Sohnes sehr besorgt. Dauernd betete sie zu Gott um Schutz für ihn, und schließlich machten sich Freunde, Nachbarn und Familie auf den Weg, um die Verschwundenen aufzuspüren. Sie verteilten sich auf den Straßen, fragten Passanten und Bekannte und baten sie um Unterstützung. Doch keiner von ihnen rief die Polizei, denn alle wussten, dass der Vater seinen Sohn abgöttisch liebte; daher würde er ihm nie etwas Böses antun. Unabhängig von dieser Vermutung machten sie sich Sorgen um Mani, denn Amir war nach dem, was er getan hatte, vermutlich nicht zurechnungsfähig, stand unter Schock. Überall wurde angerufen, um Mithilfe gebeten, und so verbreitete die Nachricht von dem Unglück sich explosionsartig.

Schließlich, als alles erfolglos blieb, wurde die Polizei eingeschaltet, und die kollektive Suchaktion konnte mit Eifer fortgesetzt werden. Nuri machte sich große Sorgen um ihren kleinen Sohn. Sie dachte, dass der Vater die Absicht hatte, ihn wie seine Mutter umzubringen. Dauernd betete sie weinend bei Gott um Schutz für ihn.

Inzwischen machten sich alle Freunde, Nachbarn und Familienangehörige tüchtig auf den Weg, um den Vater und Mani zu finden. Niemand versuchte, eine Strafanzeige gegen den Vater bei der Polizei zu erstatten, denn schließlich gab es keine Spur von einer Verletzung. Außerdem war kein Blut vergossen worden. Nicht zuletzt wagte es keiner, gegen einen einflussreichen, mächtigen Mann wie Amir eine Strafanzeige ohne Beweise in Gang zu setzen. Die Polizei musste zunächst Amir finden und anschließend seine Interpretation zu Protokoll nehmen.

Amir war nach dem Streit und der Schussattacke gegen Nuri erschöpft und verwirrt. In seiner Aufregung hatte er gar nicht gemerkt, dass seinen Schuss nicht seine Frau, sondern nur die Schere getroffen hatte. Weiter dachte er, er habe sie mit dem Schuss getroffen und verletzt oder sogar getötet. Nuri hatte nach dem Schuss vor Angst geschrien, weil sie sich erschrocken hatte, und nach dem Schuss war sie weggelaufen, um sich vor weiteren Attacken zu retten. Amir konnte sich nur lückenhaft an diesen Moment erinnern. Er war nicht in der Lage, sich zu konzentrieren oder zu orientieren. Er selbst hatte sich maßlos über seinen Schuss erschrocken. Amir war in seiner Ehe auf Nuri und seinen Sohn immer sehr stolz gewesen. Überall wurde die Musterfamilie von Angehörigen und Bekannten hoch geschätzt und gelobt. Doch Amir hatte durch seine Liebesbeziehungen zu anderen Frauen diese Harmonie gestört. Er hatte durch seine Leichtfertigkeit seine glückliche Familie zerstört.

## Kapitel 3: Unterwegs mit dem Vater

Nach der Schussattacke verließ Amir sofort das Haus und ging in Richtung seines Autos. Unterwegs begegnete er, wie bereits erzählt, zufällig seiner Schwiegermutter und seinem Sohn Mani. Er begrüßte sie wie üblich nett und freundlich und erzählte nichts von dem tragischen Streit mit der Schussattacke gegen Nuri.

Doch die Schwiegermutter spürte, dass Amir durcheinander war. Sie fragte ihn, wie es ihm ging und was mit ihm los sei.

Amir antwortete: „Ach, es geht mir nicht so gut, weil ich unter starken Kopfschmerzen leide. Ich brauche dringend frische Luft oder ein Aspirin."

Dabei nahm er Mani liebevoll auf den Arm. Er versprach ihm, mit ihm das Puppentheater zu besuchen. Gleichzeitig erklärte er seiner Schwiegermutter: „Ich nehme Mani mit zum Puppentheater, und dann besuchen wir meine Mutter in meinem Elternhaus." Damit verabschiedete er sich von seiner Schwiegermutter.

Als er zu seinem Auto kam, setzte er Mani auf den Kindersitz. Zuerst führ er ziellos hin und her mit hoher Geschwindigkeit. Durch die Raserei versetzte er Mani in Angst. Mani fragte instinktiv nach seiner Mutter.

Der Vater versuchte ihn zu beruhigten; er sagte: „Deine Mama musste zum Arzt. Es kann lange Zeit dauern, bis sie zurück nach Hause kommt." Er fügte hinzu: „Inzwischen gehen wir ins Puppentheater, und danach essen wir und ich besorge dir eine hübsche Puppe. Danach holen wir deine Mama vom Arzt ab. Zwischendurch versuchen wir meine Mutter zu besuchen. Denn sie will uns unbedingt sehen, weil sie uns lange Zeit vermisst hat und nicht gesehen."

Mani wartete ungeduldig auf den Besuch des Puppentheaters. Er liebte das Puppentheater und schwärmte immer davon. Er freute sich maßlos auf das Puppenspiel. Der Vater war froh, dass er Mani durch das Puppentheater ablenken und beruhigen konnte. Voller Begeisterung begann Mani von der letzten Vorstellung des Puppentheaters zu plaudern. Die Hauptfigur des Stücks hieß Mobarak, der bekannte Hauptdarsteller des Puppentheaters. Für Mani war er eine wichtige Figur in seiner persönlichen Entwicklung. Er war für ihn ein Idol, verkörperte seinen eigenen Lebenstraum. Mobarak war die Projektion seines persönlichen Unbewussten. Für Mani war Puppentheater nicht nur Hinsehen und Zuschauen, sondern auch Annehmen und Heilen und Erfahrungen für das Leben sammeln.

Der Vater war froh, dass er Mani durch die Vorstellung im Puppentheater ablenken konnte. Nach einer Weile kamen sie in das Theater, und Amir besorgte zwei Tickets. Dann gingen sie gemeinsam hinein.

Der Zuschauerraum war recht groß und hatte fast fünfzig Plätze. Viele Kinder besuchten mit ihren Eltern die Vorstellung, und so war das Theater fast überfüllt. Mani und sein Vater nahmen in der vorderen Reihe nebeneinander Platz und sahen sich um. Die Wände des Zuschauerraums waren mit Bildern von verschiedenen Vorstellungen dekoriert. Dann öffnete sich der Vorhang, und das Stück begann. Während der Vorstellung schaute der Vater dem Spiel neben Mani zu, aber er war mit seinen Gedanken in einer anderen Welt. Mani war durch das Spiel von Mobarak gefesselt und abgelenkt. Das Idol sang mit hinzukommenden Freunden märchenhafte Lieder mit Musikbegleitung, und jede Puppe erzählte von ihren Erfahrungen und Begegnungen mit ihrer Familie und ihren Freunden bei Feiern und Geburtstagen. Alle berichteten, wie sie sich passende Kleider und Schmuck gekauft oder besorgt hatten. Das Spiel dauerte etwa anderthalb Stunden.

Nach dem Ende der Vorstellung war Mani noch lange in seiner Fantasie und hing dem Stück nach. Zum Abendessen besorgte Amir von einem Schnellrestaurant ein Sandwich und ein Getränk. Er hatte keinen Appetit, daher aß er nichts. Da er sehr aufgeregt war, musste er dauernd Wasser trinken. Er ging mit Mani in Richtung Hauptstraße. Dort stand ein Puppenladen und sie gingen hinein. Der Vater kaufte eine weiße, niedliche Puppe für Mani. Durch die Aufregung hatten sich die Augen Amirs mit dunklen Rändern gefärbt. Das, was in seinem Leben geschah, spiegelte sich in seinem Gesicht wider. Seine Augen sahen erschöpft und ermüdet aus. Ab und zu hatte er Tränen in den Auge. Um sie zu vertuschen, setzte er eine dunkle Brille auf. Dabei wurden seine Gedanken zurück zu dem gerissen, was er getan hatte. Er blickte in die Vergangenheit und machte sich Vorwürfe. Er dachte: Mein Gott, was habe ich getan? Was ist in meinem Leben geschehen?

Sein Herz war verletzt und tief getroffen. Er hatte ein schlechtes Gewissen. Seine Seele war durcheinander. Er dachte: Was wird mit meinem Sohn passieren? Was wird er später über mich denken? Werden meine Familie und meine Verwandten mich verfluchen, mich hassen und verachten? Am meisten aber machte er sich Sorgen um seinen kleinen Sohn. Würde Mani ihn für seine Taten verachten und hassen und nie wieder lieben? Intuitiv improvisierte er das, was in Zukunft geschehen würde, in seinen Gedanken. Endlich begriff er, dass alles, was geschehen war, seine eigene Schuld war. Nur er trug die Verantwortung für seine schreckliche Tat. Er fühlte sich als Versager. Er dachte: Warum muss das Schicksal meiner Familie ein so elendes und schreckliches Ende nehmen? Durch seinen Ehrgeiz und seine Tüchtigkeit war Amir in seinem Leben erfolgreich geworden und hatte eine Traumfamilie gegründet. Warum nur musste alles so traurig enden? Jetzt bereute er seine nächtlichen Vergnügungen mit den Freunden in Bars und Diskotheken. Er sah: Er war durch sie dauernd überredet und verführt worden. Auch der fatale Alkohol hatte ihn negativ beeinflusst und verführt. Er dachte immer wieder: Was wird jetzt mit meiner Familie geschehen? Wie soll mein Leben nur weitergehen?

Mit diesen dunklen Gedanken blickte er zu seinem kleinen Kind und dachte an seine unglückliche Zukunft, ohne Mutter und Vater. Alle seine Gedanken konzentrierten sich auf das Schicksal und auf die Zukunft Manis. Er war für ihn der wichtigste Mensch in seinem Leben. Um sich zu beruhigen, versuchte er, sich mit seinem Sohn zu unterhalten. Er fragte Mani nach dem größten Wunsch in seinem Leben.

Mani antwortete: „Ich wünsche, dass du und Mama gesund bleiben und miteinander ein glückliches Leben führen."

Plötzlich zeigte er seinem Vater, dass es auf der anderen Seite der Straße einen Eisladen gab.

„Papa, kaufst du einen Becher Eis für Mama?"

Selbstverständlich antwortete der Vater mit sanfter Stimme: „Mein liebes Kind, alles werde ich für dich und deine Mama gerne besorgen und tun. Aber wir können für deine Mama leider kein Eis kaufen."

„Warum nicht, Papa? Ich weiß, meine Mama liebt das Eis so wie ich und isst es so gern!"

Der Vater antwortete: „Das Wetter heute ist sehr heiß, und bei dieser Hitze schmilzt das Eis, und dann schmeckt es nicht mehr."

„Schade", meinte Mani.

Der Vater nahm Mani auf den Arm und ging mit ihm über die Straße zum Eisladen. Es war Sommer und die Sonne schien noch strahlend heiß; die Temperatur betrug über dreißig Grad. Mani liebte Schokoladeneis, und daher bestellte der Vater für ihn zwei Kugeln Schokoladeneis mit Sahne.

Dort in der Nähe gab es auch einen kleinen Jungen und schaute sehr begehrlich auf Mani und das Eis, das er in der Hand hatte. Mani wollte sein Eis mit ihm teilen, aber der Vater sagte: „Wir kaufen für ihn auch ein Eis."

Der kleine Junge freute sich sehr und bedankte sich für die Einladung. Er sagte zu Mani: „Wenn ich Geld bekomme, lade ich dich auch ein!"

Mit freudestrahlendem Gesicht begleitete er Mani und den Vater bis zum Auto. Das Auto war nicht weit vom Eisladen entfernt. Die beiden Kinder fanden sich sehr sympathisch. Vor dem Abschied wollten sie ihre Adressen tauschen, um sich wiederzutreffen. Mani fragte seinen Vater, ob er ihn demnächst zu dem Jungen in sein Haus begleiten wollte. Der Vater antwortete: „Das geht leider nicht, weil wir sehr weit auseinander wohnen."

Der Junge sagte zu Mani: „Ich heiße Jamshid, bin fünf Jahre alt und wohne in Sadrstraße Nr. 9." Er fügte hinzu, dass er nicht weit vom Eisladen entfernt wohne und leider viele Straßen nicht kenne, aber seine Mutter kenne sich sehr gut aus und kennt alle Straßen auswendig. Er fügte hinzu: „Wenn ich euch besuche, komme ich nur mit meiner Mutter!"

Manis Vater wollte dem Jungen seine Adresse nicht geben, denn er dachte ja, dass seine Frau Nuri verblutet sei oder schwerverletzt im Krankenhaus liege. Er sagte dem Jungen: „Lieber Jamshjd, ich habe deine Adresse aufgeschrieben. Mani und ich werden wir dich bei nächster Gelegenheit besuchen."

Jamshid freute sich unheimlich, und in seiner Aufregung fragte er Amir: „Wann besucht ihr mich? Wann ist es soweit?"

Mani antwortete: „Pass auf, wenn wir dich besuchen, bringen wir meine Mutter mit!" Er fügte hinzu: „Meine Mutter ist sehr lieb und freundlich, du musst sie unbedingt kennenlernen. Leider ist sie heute nicht mitgekommen, weil sie zum Arzt musste. Du musst sie unbedingt sehen und kennenlernen!"

Als der Vater das hörte, bekam er eine Gänsehaut. Er hatte fast Tränen im Auge. Mani und Jamshid umarmten sich und verabschiedeten sich voneinander. Danach fuhr Amir mit Mani weiter. Mani fragte seinen Vater: „Papa, warum bist du so traurig? Ich habe dich und Mama immer lieb, und ich möchte euch nie traurig sehen!"

Der Vater war außer sich und versteckte sein versteinertes Gesicht hinter der dunklen Brille. Mani hatte jetzt große Sehnsucht nach seiner Mutter. Er fragte den Vater dauernd, wann er mit ihm endlich zu seiner Mutter fahren würde.

Der Vater antwortete ihm jedes Mal: „Spätestens morgen, denn erst werden wir meine Mutter besuchen, weil ich es ihr versprochen habe."

Amir fuhr mit dem Auto in Richtung Süden von Teheran, in die Molavistraße. Dort, in seinem Elternhaus, wohnte seine Mutter. Amir war in seinem Elternhaus aufgewachsen und dort zur Schule gegangen. Sein Vater war von einigen Wochen gestorben. Seine Mutter wohnte mit Kindern, Enkelkindern und Schwiegersohn sowie ihrer älteren Schwester in einem großen, zweistöckigen Haus. Im Erdgeschoß befanden sich zwei Gärten mit einem Swimmingpool. Im ersten Stock gab es fünf Zimmer in verschiedener Größe. Die Mutter wohnte mit zwei Töchtern und ihrer älteren Schwester Fatme zusammen. Ihre kleine Tochter war achtzehn Jahre alt und noch nicht verheiratet, die ältere war einunddreißig und schon verheiratet. Sie hatte drei Söhne und drei Töchtern. Ihr Mann und ihre sechs Kinder lebten ebenfalls in dem Familienhaus.

Die Familie war sehr groß und temperamentvoll. Im Sommer schliefen sie wegen der Hitze entweder im Garten oder im obersten Stock auf dem Dach. Mani war bei seiner Großmutter und seine Tanten und Cousinen sehr beliebt und dort immer willkommen. Der Vater fühlte sich dort sehr wohl, denn die Familie hatte ihn sehr lieb und er wurde immer sehr respektvoll behandelt. Bei jedem Familientreffen waren alle gemeinsam froh und glücklich. Jeder hatte dem anderen viel zu erzählen, und es gab immer viel zu hören. Bei einem solchen Familientreffen wurde nur über glückliche Zeiten und schöne Erlebnisse gesprochen. Alle Familienangehörigen waren es nicht gewohnt, irgendetwas Negatives zu hören oder zu verbreiten. Die große Freude hatte keine Zeit für Kümmernisse oder Sorgen. Deshalb war der Vater nicht in der Lage, in Anwesenheit von Mani über den Streit und das tragische Ereignis mit Nuri zu sprechen. Er konnte und wollte die gute Stimmung nicht verderben. Doch seine Gedanken waren natürlich immer bei seiner Missetat und quälten ihn. Die Situation war für ihn kaum zu verkraften.

Am Abend gingen zuerst die Kinder und später dann die Erwachsenen zu Bett. Mani stieg mit seinen Cousinen in den obersten Stock und legte sich neben seine Cousinen Afsar und Akram ins Bett.

In dieser Nacht war der Himmel traumhaft schön. Der Mond glänzte prachtvoll zwischen den Sternen. Mani schlief sanft und tief ohne seine Mutter ein. Er hätte sich nie erträumt, dass er in naher Zukunft mit einem tragischen Ereignis konfrontiert werden würde.

## Kapitel 4: Eine geladene Pistole an der Schläfe

Der Vater legte sich im Garten ins Bett und versuchte zu schlafen. Doch natürlich fand er keine Ruhe. Er wurde immer unruhiger und ungeduldiger. Trotz seiner Aufregung versuchte er zu schlafen. Jedes Mal, nach kurzem Schlaf, wachte er erschöpft durch einen Alptraum auf. Schließlich holte er sich eine Flasche Whisky und ein Glas aus dem Wohnzimmerschrank. Er trank zuerst im Stehen ein Glas Whisky aus, danach hat er angefangen weiter zu trinken.

Nach kurzer Zeit hatte er die ganze Flasche ausgetrunken, und seine trüben Gedanken waren nun nicht mehr zu beherrschen. Nun fing er an, eine zweite Flasche Whisky zu trinken. Das beruhigte sein Gedanken und seine innere Unruhe dennoch nicht. Er wurde immer nervöser und unruhiger. Schließlich öffnete er eine dritte Whiskyflasche. Inzwischen stand sein Plan fest: Er wollte Schluss machen, sich umbringen. Vorher allerdings wollte ein letztes Mal seinen Sohn Mani sehen und ihm einen Abschiedskuss geben.

Er ging in den obersten Stock. Mani schlief sanft und fest in den Armen seiner Cousinen. Der Blick auf seinen friedlich schlafenden Sohn erinnerte Amir an die wunderbare Zeit mit seiner Mutter und Manis ersten Geburtstag. Er hatte sich in seinem Leben immer einen Sohn gewünscht, und sein sehnlicher Wunsch war mit der Geburt von Mani erfüllt worden. Nach seiner Geburt war Amir stolz gewesen und entzückt. Er fühlte sich als glücklichster Vater der Welt. Er veranstaltete eine prächtige Feier mit gegrilltem Fleisch mit Reis und Obst und Gemüse sowie Salat und Getränken. Insgesamt drei Tage und drei

Nächte wurde gefeiert. Viele Freunde und Bekannte mit ihren Familien haben mitgefeiert. Über fünfzig Personen waren eingeladen worden, und alle hatten mit Freude gesungen und getanzt. Jetzt war dies alles vorbei, und sein kleines Kind machte ihm große Sorgen. Was würde nach seinem Selbstmord mit ihm ohne Eltern passieren? Wer würde sich wie ein Vater um Mani kümmern? Wer würde ihn erziehen? Wie würde seine Zukunft ohne Vater aussehen?

Amir ging immer noch davon aus, dass Nuri schwerverletzt oder sogar tot war. Er dachte: Mani ist ein unschuldiges, liebes Kind. Deshalb darf er nicht unter einem tragischen Schicksal leiden. Wenn ich mich jetzt umbringe, leidet Mani noch mehr.

Amir konnte sich nicht mehr beherrschen. Er weinte wie ein Kind. Er bereute seine üblen Taten. Vor allem hatte er Mani demnächst den Besuch der Mutter versprochen. Er erinnerte sich an Manis Begeisterung während des Kindertheaters. Schon vor der Vorstellung war er aufgeregt gewesen, hatte mit seiner süßen Stimme Kindergeschichten vom Kindertheater erzählt, von dem Hauptdarsteller Mobarak gesprochen … Plötzlich drehte Amir durch. Er dachte: Ich darf meinen kleinen Sohn auf keinen Fall allein lassen! Ich muss ihn mit in den Himmel nehmen!

Während dieser fürchterlichen Gedanken nahm er seinen Sohn auf den Arm und blickte weinend in den Himmel. Er beobachtete den Mond und die Sterne und sagte schluchzend: „Lieber Gott, verzeih mir, wir kommen bald zu dir und bleiben ewig bei dir unter deiner Obhut. Du bekommst bald Besuch von uns. Ich bringe meinen lieben Sohn mit!"

Amir dachte nun, sein Sohn müsse unbedingt neben ihm sein und mit ihm sterben. Doch ein Blick auf das schlafende, unschuldige kleine

Kind nahm ihm wieder allen Mut. Nein, dachte er, ich kann meinem Sohn keinen Schaden zufügen!

Dann ging er weinend allein hinunter in den Garten. Er hatte nun fest vor, sich umzubringen, denn er sah keine andere Lösung mehr. Er wollte nicht ins Gefängnis. Im Rausch des Alkohols und unter den umherirrenden Selbstmordgedanken schwitzte er stark, außerdem hatte er Schüttelfrost. Er sah so aus, als hätte er unter der Dusche gestanden. Seine Beine wackelten, und sein Körper und seine Kleidung waren völlig durchnässt. Er versuchte sich zu beruhigen, aber alle seine Bemühungen scheiterten. Endlich holte er sich verzweifelt eine weitere Flasche Whisky und öffnete sie.

Nach dem ersten Glas Whisky holte Amir seine Dienstwaffe. Er kontrollierte, ob sie geladen war. Dann trank er weiter. Inzwischen hatte er wieder Sehnsucht nach Mani. Er wollte ihn zum allerletzten Mal sehen und von ihm Abschied nehmen.

In der Stille der Nacht ging er wieder weinend hinauf zu dem Kind im obersten Stock. Alle im Haus schliefen tief; überall war es still. Als Amir seinen Sohn sah, fing er an zu weinen wie ein Kind. Er umarmte ihn mit zitternden Händen. Im Gegensatz zum ersten Mal nahm er ihn nun auf den Arm und drückte ihn fest an sich.

Dann ging er mit ihm hinunter ins Erdgeschoß in den Garten. Wie in Trance holte er mit zitternden Händen seine Waffe aus seinem Zimmer. Er hatte Mani in der linken Hand auf dem Arm und die vollgeladene Pistole in der rechten Hand. Ursprünglich hatte er vorgehabt, nur sich allein umzubringen. Doch er konnte und wollte seinen Sohn nicht hilflos im Stich lassen. Plötzlich traf er eine neue Entscheidung. Er dachte: Ich bin ein Mann mit Ehre und Würde. Ich bin kein Unmensch. Ich kann meinen Sohn nicht im Stich lassen. Nur ich allein bin jetzt für seine Erziehung verantwortlich. Denn Amir war immer noch in der Meinung, Nuri sei durch den Schuss schwerverletzt oder tot.

Er nahm Mani mit zum Swimmingpool. Das Kind schlief immer noch tief in seinem Arm und spürte nicht, was mit ihm geschah. Plötzlich jedoch stolperte der Vater über einen Eimer und Mani fiel auf den Boden. Durch den Aufprall stieß sein Kopf gegen das Pflaster und Mani wachte voller Angst auf. Er weinte und schrie, sodass die ganze Familie und die Nachbarn geweckt wurden.

Mani versuchte sofort wegzulaufen, weil er die Waffe gesehen hatte und sofort furchtbare Angst hatte. Er zitterte und schrie. Amir konnte ihn nur mit einer Hand festhalten, weil er mit der anderen die Waffe halten musste. Er umklammerte Manis Haare mit der Linken und zog das Kind an ihnen hoch. Mani pendelte in der Luft hin und her. Er wollte sich befreien und weglaufen. Die ganze Familie und alle Nachbarn haben zusammen schreiend versucht, den Vater von seiner tödlichen Absicht abzuhalten.

Amir weinte auch. Er gestand, Nuri mit seiner Pistole totgeschossen zu haben, und nun wolle er sich und sein Kind ebenfalls erschießen. Wieder zog er Mani mit den Haaren vom Boden hoch, und wieder pendelte das Kind mit den Füssen in der Luft. Amir hielt jetzt mit seiner Rechten die Waffe vor Manis Schläfe, um ihn zu erschießen. Danach wollte er sich selbst eine Kugel in den Kopf jagen.

Mani hatte Todesangst. Er fühlte sich wie bei einer Exekution. Dies alles geschah vor den Augen der Nachbarn und Zuschauer. Mani war vor Angst stumm. Er konnte sich nicht mehr bewegen. Er zog seine Füße hoch und spürte an der Schläfe den Lauf der Waffe. Er zuckte in der Luft herum, als habe man ihn an einen Galgen gehängt; er pendelte kreisförmig von rechts nach links. Dabei drückte er die Augen abwechselnd fest zusammen, und jedes Mal erschien beim Zusammen-drücken ein roter schmaler Blitz kreisförmig vor seinem Auge. Im Kopf hörte er einen lauten Ton, wie beim Knockout im Boxkampf: „Peng! Peng! Peng!"

Alle, sogar der Vater selbst, weinten. Amir wiederholte dauernd weinend: „Ich habe heute meine liebe Frau Nuri in Wut erschossen, und jetzt erschieße ich meinen Sohn und mich! Wir werden gemein-sam sterben, und wir werden im Himmel ewig nebeneinander leben!"

Inzwischen haben die Nachbarn dem Vater mitzuteilen versucht, dass seine Frau gar nicht tot sei, sondern völlig gesund und munter. Sein Schuss habe Nuri gar nicht getroffen, nur die Schere auf dem Fußboden.

Der Vater glaube ihnen zunächst nicht, doch endlich gelang es ei-nigen vertrauten Nachbarn, ihn mit Diplomatie und Geduld zu über-zeugen. Endlich zog er seine Waffe von der Schläfe seines Sohnes und ließ ihn los.

Mani zitterte am ganzen Leib. Er war völlig starr und bewegungs-los. Er hatte noch immer panische Angst vor seinem Vater. Er dachte: Warum muss ich durch meinen lieben Vater getötet werden? Was habe ich ihm nur getan? Denn er hatte seinen Vater und seine Familie im-mer sehr lieb gehabt. Trotzdem hatte er Angst, dass er unschuldig ge-tötet werden sollte. Er dachte, dass sein Vater ihn nicht mehr liebte. Er wollte nicht mehr bei ihm bleiben, wollte zurück zu seiner Mutter, aber er durfte nicht zu ihr. Vor allem wusste er nicht einmal, wo sie wohnte. Er dachte, der Vater wollte ihn so lange bei sich behalten, bis er ihn erschießen würde. Es kam ihm vor, als warte er in einer Todes-zelle auf seine Hinrichtung.

Später hat der Vater ihm ausdrücklich verboten, seine Mutter zu besuchen. Mani hat sich immer mehr vom Vater zurückgezogen. Er versuchte, sich von ihm fernzuhalten. Er konnte nun nie wieder mit den Kindern oder mit der Familie seines Vaters lachen oder spielen. Er traute niemandem mehr. Er hatte dauernd Furcht um sein Leben. Jedes Geräusch machte ihm Angst.

Amir wurde für seine üble Tat nicht zur Rechenschaft gezogen, denn bei dieser Angelegenheit handelte es sich nur um einen Familienstreit. Außerdem gab es weder Verletzte noch eine Anzeige.

## Kapitel 5: Die Versöhnung

Ein paar Tage später hat Amir versucht, Nuri zu besuchen. Mit viel Hoffnung besorgte er einen großen Blumenstrauß von einem bekannten Blumengeschäft. Danach ging er mit ihm zu seiner Ehefrau, um sich mit ihr zu versöhnen.

In seiner Lage hatte Amir Lampenfieber, er war gereizt und aufgeregt. Lange wartete er zunächst vor der Haustür; dann endlich klingelte er mehrmals, bis geöffnet wurde.

Als Nuri ihn sah, erschrak sie zuerst, weil sie dachte, dass er wieder bewaffnet sei. Amir reichte ihr den Blumenstrauß, küsste ihr die Hände und bat sie um Verzeihung. Nuri war nervös und beunruhigt. Sie fragte sofort nach Mani.

Amir dachte zuerst, sie wolle ihn nicht mehr sehen. Er wollte Mani später zu ihr bringen. Zuerst mussten sich Mutter und Kind von ihrem Schock erholen, denn Mani war fix und fertig. Doch Nuri wollte ohne Verzögerung wissen, wo ihr Sohn sei und wie es ihm ginge.

Amir wagte es nicht, Nuri die tragische Wahrheit über Mani zu sagen. Er konnte ihr einfach nicht erklären, wie Mani sich momentan fühlte und in welchem Zustand er war. Er entschuldigte sich immer wieder bei ihr und küsste ihr Gesicht und ihre Hände. Er versuchte sie verzweifelt zu beruhigen und zu besänftigen.

Doch Nuri war sehr wütend. Sie vermisste ihren Sohn und war um ihn in großer Sorge. Weinend versuchte sie, ihn von Amir zurückzubekommen. Amir wagte es nicht, Nuri über die Tragödie mit Mani zu informieren. Er wollte mit seiner Frau zunächst eine Einigung erzielen und sich dann möglichst ohne Bedingung mit ihr versöhnen. Doch Nuri hatte kein Interesse mehr an Amir und wollte sich von ihm scheiden lassen. Nach langer Diskussion sagte Amir zu ihr: „Du bekommst Mani, wenn du dich mit mir versöhnst und dich nicht scheiden lässt."

Nach langen Gesprächen und Diskussionen kam es leider nie zu einer Einigung. Auch die Schwiegermutter und der Schwiegervater haben vergeblich versucht, Nuri und Amir zu versöhnen. Amir hat gedacht, wenn er Mani weiter versteckt hält, würde Nuri früher oder später aufgeben. Leider wurde dabei auf Kosten von Mani gestritten. Das kleine Kind musste am meisten leiden. Denn nach dem damaligen Gesetz durfte Amir allein den Aufenthaltsort seines Sohnes bestimmen. Er verließ seine Frau ohne Ergebnis. Zuerst ging er zu seiner Dienststelle, und nach Beendigung seines Dienstes kam er zu seinem Mutterhaus zu Mani zurück.

Mani war immer noch traurig und geschockt und versteckte sich vor seinem Vater. Zugleich hatte er eine unermessliche Sehnsucht nach seiner Mutter. Abends konnte er nicht ohne Angst schlafen. Er wollte Widerstand gegen seinen Vaters leisten, denn er hatte Angst, dass dieser ihn wieder töten wollte. Alle seine Gedanken drehten sich um eine Pistole an seiner Schläfe. Ab und zu versuchte er, die Pistole des Vaters zu finden, um sie bei sich oder irgendwo zu verstecken. Denn im Haus gab es viele Plätze, wo er eine Waffe unauffällig verstecken konnte. Manchmal dachte er auch, dass er sich mit der Pistole verteidigen konnte. Er wusste, dass er nie gegen seinen Vater kämpfen konnte. Aber er dachte, dass er seine Angst irgendwie überwinden musste. Er musste sich von seiner seelischen Qual befreien.

Mani hat die Pistole seines Vaters nie gefunden. Er traute sich auch nicht, nach ihrem Versteck zu fragen. Trotz seiner geringen Erfahrung als kleines Kind war er sehr klug und schlau. Er überlegte sich, dass er unbedingt eine Lösung finden musste, um sich notfalls zu verteidigen. Er kam nie zur Ruhe. Dauernd hatte er Alpträume und Ängste. Er wollte Widerstand demonstrieren, um zu zeigen, dass er sich nicht alles gefallen ließ. Er war sogar bereit, hart bestraft zu werden. Jeden Tag sammelte er Mut und Energie. Er nahm auch Fluchtwege ins Visier und plante für seine Sicherheit. Die Fluchtwege gingen alle in Richtung der Nachbarn. Von dort aus konnte er bei den Nachbarn einen sicheren Platz finden. Nach langen Überlegungen kam er mit großem Mut zu einem Entschluss.

Inzwischen waren einige Tage nach dem tragischen Ereignis vergangen. Morgens früh bei Sonnenaufgang wurde Mani wiederholt von einem Alptraum geweckt. Sein Vater schlief noch tief im Bett im Garten. Mani beobachtete ihn vom obersten Stock aus.

Er stand auf und schlich ganz leise vom obersten Stock in den Garten hinunter und von dort vorsichtig zu seinem Bett. Vorher hatte er versucht, die Pistole zu finden, um sie in den Swimmingpool zu werfen, doch vergeblich. Jetzt wollte er versuchen, sie im Bett des Vaters zu finden. Er hatte bereits überlegt, wie man mit einer Pistole schießen konnte. Aber er hatte panische Angst vor der Waffe.

Voller Aufregung suchte er im Bett seines Vaters die Pistole, aber sie war nicht da. Er wollte auf keinen Fall auf seinen Vater schießen, er wollte ihm nur einen Denkzettel verpassen. Plötzlich fiel ihm ein neuer Plan ein: Irgendwie wollte er seinem Vater gegenüber seine Wut demonstrieren. Außerdem wollte er ihm gegenüber Mut zeigen, um die eigene Angst zu überwinden. Er wollte lieber sterben als ständig in

Angst leben. Er wollte durch seinen Mut und seine Tapferkeit beweisen, dass er vor seinem Vater keine Angst hatte und niemand es schaffte, ihn zu verängstigen.

Er näherte sich seinem Vater und entfernte sich wieder von ihm rückwärts, soweit es möglich war. Plötzlich rannte er mit voller Kraft zu ihm und verpasste ihm mit seiner Rechten blitzartig eine kräftige Ohrfeige.

Der Vater sprang aus dem Bett wie ein Ball und schrie vor Schmerz. Er konnte sich nicht vorstellen, dass ein kleines Kind wie Mani eine so große Kraft haben konnte. Mani stand wie Stahl neben ihm, zeigte ihm seinen drohenden Zeigefinger und schrie mit seiner kindlichen Stimme laut und wütend: „Wenn du deine Pistole noch einmal gegen mich ziehst, erschießt du mich entweder sofort oder tu es nie wieder!"

Der Vater begriff sofort. Er verstand, was Mani meinte. Die Nachricht war klar und eindeutig. Durch die Ohrfeige hatte er nicht nur Schmerzen, sondern auch ein schlechtes Gewissen. Unter starken Schmerzen versprach er seinem Kind mit sanfter Stimme: „Nein, mein Sohn, ich verspreche dir, dass ich nie in meinem Leben gegen dich irgendeine Gewalt ausübe!" Und er fügte hinzu: „Und niemals werde ich meine Pistole gegen dich richten!" Er bat sein Kind von Mann zu Mann um Vergebung und Verzeihung.

Inzwischen waren der Rest der Familie von dem Krach und dem Geschrei Manis aufgewacht. Sie haben gedacht, dass wieder etwas Furchtbares geschehen ist. Alle eilten mit Aufregung zu Vater und Sohn. Nach und nach erschienen die Großmutter mit ihrer Tochter und den Enkelkindern vor dem Bett des Vaters. Sie umarmten Mani und Amir und versuchten, sie zu besänftigen und zu beruhigen. Es kam zu einer Versöhnung zwischen Sohn und Vater. Die ganze Familie war erleichtert und glücklich.

Die Nachricht von der Versöhnung zwischen Vater und Sohn verbreitete sich in der Familie und bei den Nachbarn wie ein Lauffeuer. Es war eine herzzerreißende Situation. Sie haben beiden freudig gratuliert und Mani und den Vater umarmt. Einige Nachbarn sind auch nachträglich vorbeigekommen. Jeder hat Manis Wut verstanden, und alle haben versucht, ihn zu trösten und zum Lachen zu bringen. Mani fühle sich wie ein starker Kämpfer und Sieger. Es war ein grandioser Sieg in seinem kurzen Leben. Endlich fühlte er sich nicht mehr hilflos und ohnmächtig. Er spürte wieder eine liebevolle Familie an seiner Seite, und nach und nach wurde seine Seele von ihrem quälenden Schmerz befreit. Er wurde wieder ruhig und verlor seine Angst. Als kleines Kind hatte er ein gutes Herz, deshalb hatte er seinen Vater wegen seiner üblen Tat verziehen. Nun konnte er endlich ohne Ängste wieder ein normales, fröhliches Kind werden. Er konnte wieder Freude am Kindergarten und an Kinderspielen haben und wieder ohne Angst im Park spazieren gehen. Er war wieder am Anfang seiner Lebensreise. Er fing auch wieder schrittweise an, von Herzen zu lachen und wie in der Vergangenheit prachtvoll aussehen. Schließlich hatte sein Vater ihm versprochen, nie wieder Gewalt gegen ihn auszuüben oder seine Pistole gegen ihn zu richten. Mani hat wieder angefangen, seinen Vater zu lieben und ihm Vertrauen zu schenken. Er konnte seine seelische Attacke verarbeiten und beherrschen. Alles war wie ein Wunder.

Was ihm jetzt noch fehlte, war seine Mutter und die Versöhnung seiner Eltern. Er traute sich nicht, mit jemandem darüber zu sprechen. Schon als kleines Kind war er sehr stolz. Er dachte, sein Wunsch würde Schwäche zeigen und Mitleid hervorrufen. Immerhin fühlte er sich nun als ein tapferes Kind, und daher wollte er kein Mitleid. Die Mutter und die Großmutter fehlten ihm dennoch immer. Jeden Tag und jede Nacht vor dem Schlafen und nach dem Aufwachen dachte er intensiv an seine Mutter und seine liebe Großmutter. Er wollte sie unbedingt besuchen und bei ihnen leben. Die Familie seines Vaters war auch nett, aber er wollte lieber bei seiner Mutter leben. Die Großmutter hatte sich immer so liebevoll um ihn gekümmert. Jeden Abend vor dem Schlafen hatte sie ihm Kindergeschichten vorgelesen oder erzählt. Dabei konnte Mani sanft und ruhig schlafen. Er war von jedem Märchen begeistert. Ein bestimmtes Märchen imponierte ihm besonders, er wollte es immer wieder hören. Darin ging es um eine Ziegenfamilie. Jedes Mal, wenn die Ziegenmutter ihr junges Zicklein verlässt, sagt sie zu ihm: „Pass auf, du sollst auf keinen Fall unsere Hütte verlassen, bis ich zurückkomme!"

In der Umgebung gibt es einen hungrigen Wolf. Er hat großen Appetit auf das Zicklein. Er lauert ihm auf, um das Zicklein ohne seine Mutter zu erwischen.

Endlich verlässt die Mutter die Hütte allein. Der Wolf wartet, bis sie weg ist. Doch die Hütte ist für ihn zu eng und zu klein. Er kann nicht in sie hinein. Er muss das Zicklein herauslocken. Der Wolf geht also vor die Hütte und sagt: „Liebling, kommst du heraus? Hier draußen ist so schönes, frisches Wetter und wir können zusammen spielen und viel Spaß miteinander haben!"

Das Zicklein antwortet: „Meine Mutter hat mir gesagt, ich darf die Hütte auf keinen Fall verlassen, bis sie zurückkommt!"

Da sagt der Wolf zu dem Zicklein: „Ich gehe jetzt zu deiner Mutter und frage, ob wir während ihre Abwesenheit miteinander spielen dürfen."

Nach einer Weile steht der Wolf wieder vor der Hütte und behauptet: „Deine Mutter hat mir erlaubt, mit dir zu spielen! Und sie hat mir sogar süße, saftige Weintrauben für dich mitgegeben! Liebling, komm heraus und überzeuge dich, die Weintrauben sind sehr saftig und süß, und sie duften aromatisch!"

Das Zicklein ist begeistert, kommt voller Begeisterung aus der Hütte und sieht plötzlich die scharfen Zähne des Wolfes. Als er das Zicklein fressen will, taucht seine Mutter plötzlich überraschend auf, und blitzschnell verschwindet der schlaue Wolf.

Oft schlief Mani vor dem Ende des Märchens ein.

Tage und Wochen vergingen. Wenn Mani fragte, wann er seine Mutter sehen dürfe, hörte er immer „bald" oder „nächster Tag" oder „nächste Woche". Er wurde ungeduldig, weil er längere Zeit weder seine Mutter noch die Großmutter gesehen hatte.

Was Mani nicht wusste: Mittlerweile waren seine Eltern dabei, sich scheiden zulassen. Mani musste nach dem iranischen Recht bei seinem Vater bleiben. Die Mutter durfte ihn nicht ohne seine Genehmigung besuchen. Mani hat ab und zu flüchtig zugehört und alles mitbekommen. Das machte ihn sehr traurig. Er dachte, wenn ich meine Mutter nicht besuchen darf, muss ich irgendwie anders zu ihr kommen. Er musste eine Lösung, einen Weg finden. Er musste fliehen.

## Kapitel 6: Fluchtversuch

Mani wusste, dass er seine Flucht sehr gut planen musste. Als kleines Kind kannte er weder die Wege noch die Straßen zu seiner Mutter. Er wusste nur, dass die Großmutter in dem Stadtteil Ark wohnte. Er konnte das Haus seines Vaters nicht allein verlassen, denn während des Spiels mit anderen Kindern vor dem Haus passte mindestens eine Person der Familie seines Vaters auf ihn auf. Ständig stand er im Visier der Familie. Sogar während des Spiels mit den Kindern wurde er nicht allein gelassen. Mani nahm auch ständig seine Aufpasser ins Visier, doch es gab für ihn keine Möglichkeit, zu flüchten. Dennoch wartete er heimlich auf eine passende Gelegenheit.

Einmal musste eine Aufpasserin ins Haus, um zur Toilette zu gehen. Mani nutzte die Gelegenheit zur Flucht. Er rannte so schnell wie möglich von der Sackgasse zur nächsten offenen Straße. Die Kinder riefen nach ihm und wollten wissen, wohin er ginge, doch Mani gab ihnen keine Antwort. Er war sehr aufgeregt. Sein Herz raste wie bei einer Lokomotive. Er ging zur nächsten offenen Straße, dort stand eine Haustür halb offen. Mani ging in das fremde Haus und versteckte sich hinter der Treppe. Er ruhte sich zuerst aus, versteckte sich eine Weile, bis er keine Stimme oder Schritte von außen mehr hörte. Dann kam er vorsichtig aus dem Haus. Wie ein Detektiv sicherte er seinen Fluchtweg. Dann rannte er vorsichtig weiter. In seinen Gedanken waren immer seine Großmutter und seine Mutter. Er war fest davon überzeugt, dass er sie bald finden würde.

Endlich erreichte er die große Hauptstraße mit dem vielen Verkehr. Er bekam ein wenig Angst, aber bald konnte er sich beherrschen. Denn er konnte sich nur intuitiv orientieren, um sich für eine Richtung zu entscheiden.

Inzwischen hat sich die Familie seines Vaters unverzüglich auf die Suche nach Mani begeben, denn natürlich hatte man sein Verschwinden bemerkt. Der Vater wurde telefonisch informiert und in Kenntnis gesetzt. Es war Mittagszeit und ein heißer, sonniger Tag. Amir wurde sehr unruhig. Er machte sich Sorgen um seinen Sohn. Deshalb nahm er sich unverzüglich den Rest des Tages frei und fuhr mit seinem Dienstwagen nach Hause. Er überprüfte alle Straßen und Gassen, doch er fand keine Spur von Mani. Niemand konnte ihm helfen oder ihm Auskunft über Mani geben.

Inzwischen orientierte Mani sich intuitiv in Gegenrichtung zum Haus seines Vater und entfernte sich immer weiter von ihm. Einmal wurde er von besorgten Passanten gefragt, wo er wohne und wo seine Mutter sei. Er antwortete, seine Mutter heiße Maman und seine Groß-vater Aga. Beide suche er. Der Name seiner Mutter und seines Großva-ter waren vielen Menschen unbekannt, denn „Aga" bedeutete „Großer Herr" und ist kein spezieller Name. Mani erzählte, in der Nähe seines Hauses sei ein Supermarkt und der Besitzer heiße Mesh Ali. Vor sei-nem Geschäft gäbe es kleine rote Enten aus Plastik, und dort kaufe sei-ne Mutter ihm oft Spielzeug.

Insgesamt betrug die Entfernung zum Haus seiner Mutter etwa zwei bis drei Kilometer. Mani bekam während seiner Flucht großen Durst und Hunger. Er wurde durch eine nette Familie mit Wasser und Nahrung versorgt, und ein anderes Familienpaar bemühte sich, ihn nach Hause zu begleiten.

Nach etwa einer Stunde und mehreren Recherchen fanden sie den *Supermarkt Mesh Ali*. Der Besitzer hat Mani sofort erkannt. Er erklärte, seine Mutter wohne in der nächsten Sackgasse, auf der linken Seite. Das nette Paar begleitete Mani bis zu der Sackgasse. Mani freute sich sehr und verabschiedete sich von ihnen. Er hatte außerordentliches Glück, bei den richtigen Menschen gelandet zu sein. Er war sehr froh und aufgeregt, sein kleines Herz schlug mit großer Geschwindigkeit. Er stellte sich vor, bald ist es endlich soweit: Ich werde meine Mutter und meine Großmutter umarmen und tausendmal küssen. Mani wollte sie nie wieder verlassen.

Der kleine Mani konnte sich nicht vorstellen, welche böse Überraschung auf ihn wartete: Sein Vater wartete schon vor der Haustür auf ihn. Er war bereits im Haus gewesen und hatte es durchsucht. Jetzt stand er ungeduldig und nervös vor der Haustür.

Mani versuchte verzweifelt, an ihm vorbei zu seiner Mutter und Großmutter zu gehen, doch der Vater hielt ihn fest. Mani hat geschrien und geweint, denn er wollte endlich seine Mutter und seine liebe Großmutter sehen. Er hatte unerträgliche Sehnsucht nach ihrer Liebe, denn schließlich hatte er sie so lange vermisst. Er wollte sie endlich küssen und umarmen und seine Sorgen vergessen. Deshalb war er aus dem Haus seines Vaters geflohen, deshalb war er verzweifelt und mit großer Hoffnung seit Stunden unterwegs. Auch die Mutter und die Großmutter, die inzwischen herausgekommen waren, weinten verzweifelt. Sie baten den Vater, Mani zumindest einmal umarmen und begrüßen zu dürfen. Es war eine dramatische Situation und herzzerreißend.

Der Vater war sehr wütend und außer Rand und Band. Er hatte auch um das Leben von Mani Angst gehabt, denn in der letzten Zeit hatte es Kindesmisshandlungen und Kindesentführungen gegeben. Er wollte nicht, dass Mani seine Mutter besuchte, geschweige denn sie umarmte. Deshalb packte er Mani mit Gewalt am Arm und zerrte ihn zu seinem Auto. Mani konnte seine Mutter oder Großmutter nicht ein einziges Mal umarmen oder küssen. Es war einer der grausamsten Tage in seinem Leben. Er wurde das Opfer eines Familienstreits zwischen seinen Eltern, der auf seine Kosten ging. Seine Eltern waren zu jung, um die tragischen Hintergründe wirklich zu begreifen. Sein Vater war sehr stolz. Er gab immer an, Mani habe gar kein Interesse mehr an seiner Mutter und habe sie längst vergessen. Daher versuchte er immer wieder, Mani mit Gewalt zu sich zu nehmen. Praktisch hat er Mani als sein Eigentum betrachtet. Auch seine Familie war der Meinung, wenn Mani seine Mutter nicht mehr sieht, vergisst er sie umso schneller.

Doch für Mani zählten diese gefühllosen Regeln nicht. Er hatte im Gegenteil immer große Sehnsucht nach seiner Mutter und Großmutter gehabt. Jede Stunde und jeden Tag hatte er intensiver an sie gedacht. Er konnte und wollte seine geliebte Mutter nicht vergessen, geschweige denn aufgeben. Schon plante er bei nächster Gelegenheit wieder eine Flucht, und wie ein Gefangener im Gefängnis dachte er über mögliche Fluchtwege nach. Er hatte ständig große Hoffnungen auf die nächstmögliche Gelegenheit, um zu fliehen.

## Kapitel 7: Erneuter Fluchtversuch

Mani plante seine Flucht wie ein Detektiv. Er nahm jeden seiner Betreuer ins Visier und beobachtete dessen Stärken und Schwächen. Jedes Mal, wenn ein Betreuer weggehen musste, wechselte er seinen Platz mit einer Ersatzperson. Wenn kein Ersatz zur Verfügung stand, wurde Mani mit ins Haus genommen.

Die ersten zwei bis drei Wochen nach der Flucht wurde auf Mani genau aufgepasst. Er glaubte aber immer an seine Chancen und seinen Erfolg. Auf keinen Fall wollte er aufgeben. Nie zog er es in Erwähnung, auf seine Fluchtpläne zu verzichten. Ständig dachte er über Fluchtmöglichkeiten nach. Er war intelligent, und so hatte er bei seiner ersten gescheiterten Flucht die Strecke vom Haus des Vaters zu dem seiner Mutter genau beobachtet und sich den Weg lückenlos eingeprägt. Er wusste genau, wie er seine Mutter am schnellsten erreichen konnte. Jede Nacht vor dem Schlafen erinnerte er sich an die Strecke und nährte seine Hoffnung. Er dachte, er bräuchte bei der nächsten Flucht gar keine Hilfe mehr. Er konnte sich an alle Geschäfte und sämtliche Häuser und Menschen genau erinnern: Zuerst musste er die Hauptstraße erreichen, wo die Autobusse fuhren. Dann musste er immer geradeaus entlang der Buslinie laufen bis zur großen Straßenkreuzung und danach links in die nächste Nebenstraße biegen. An der Hauptkreuzung musste er zweimal hintereinander links abbiegen, und in der zweiten Parallelstraße geradeaus gehen. Fast am Ende der zweiten Straße dann war der *Mesh Ali Supermarkt*. Vom Supermarkt aus dann kam nach etwa hundert Metern eine Sackgasse links, und dort, an ihrem Ende, stand das Haus seiner Mutter.

Als kleines Kind konnte Mani weder lesen noch schreiben; er kannte aber sämtliche Ecken und Winkel der Umgebung auswendig. Er musste zuerst versuchen zu fliehen; dann galt es aufzupassen, weder von seinem Vater noch von einer anderen Aufsichtsperson erwischt zu werden.

Einige Male gelang Mani es, sich vom seinem Bewacher zu entfernen. Leider wurde er jedes Mal nach kurzer Zeit ertappt. Zur Ablenkung bat er einmal seine Aufpasserin um ein Glas Wasser, obwohl er keinen Durst hatte.

Als sie ins Haus ging, um das Wasser zu holen, kam ihm wieder die Gelegenheit zur Hilfe. Er war sehr aufgeregt. Er rannte so schnell wie möglich weg. Die anderen Kinder haben ihn aus Mitleid unterstützt und nicht reagiert. Mani ging zuerst abwechselnd in jedes fremde Haus mit geöffneter Tür hinein, und immer versteckte er sich dort so lange, bis die Luft rein war. Wenn er wieder aus dem Haus heraus kam, überprüfte er die hintere und vordere Strecke. War niemand zu sehen, rannte er weg.

Schließlich erreichte er nach etwa einer halben Stunde die Hauptstraße. Dort waren viele Straßenhändler und zahlreiche Menschen. Mani war klein und konnte sich gut in der Menge verstecken. Inzwischen war wieder sein Vater informiert worden. Er nahm sich abermals den Rest des Tages frei, um Mani zu finden.

Der Vater ging voller Aufregung zu seinem Wagen, um seinen Sohn zu suchen. Er fuhr zuerst die Hauptstraße entlang zu seinem Haus. Wegen des Marktes waren beide Straßenseiten sehr voll. Er musste aussteigen und seine Suche nach Mani zu Fuß fortsetzen.

Inzwischen hatte Mani aus der Ferne das Auto seines Vaters, einen Armeejeep, erkannt. In diesem Moment schlug ihm das Herz bis zum Hals. In der Nähe stand eine Straßenlaterne. Zuerst versteckte Mani sich eine Weile hinter ihr; dabei drückte er vor Angst die Augen zu. Der Markt war mit Besuchern überfüllt. Zum Glück kam sein Vater nicht in seine Nähe. Mani ging rasch in Gegenrichtung zu seinem Vater, entfernte sich vorsichtig von ihm. Der Vater war groß; daher war er gut zu sehen. Mani hingegen war klein und nicht gut zu beobachten. Die Fußgängerzone war an diesem Tag überfüllt mit Menschen, die auf dem Markt einkauften. Diesmal beobachtete Mani seinen Vater aus der Ferne. Glücklicherweise konnte er ihn nicht identifizieren. Er entfernte sich wieder von seinem Vater und ging vorsichtig die Gegenrichtung entlang. Der Vater war zu Fuß in der Nähe seines Autos. Darin saß niemanden. Mani ging ängstlich entlang des Wagens. Dann suchte er wieder einen Platz, um sich zu verstecken. Leider war die Haustür keines einzigen Hauses geöffnet.

Plötzlich sah Mani eine schmale Sackgasse. Er lief hinein und versteckte sich vor einer runden Haustür. Er fürchtete, dass sein Vater sein Versteck finden würde. Er zitterte am ganzen Leib. Bei der sommerlichen Temperatur von dreiunddreißig Grad schwitzte er so, als wäre er unter einer Dusche.

Nach einer Weile kam er vorsichtig wieder aus der Sackgasse heraus und schlich behutsam zu dem Platz, wo das Auto des Vaters stand. Die Umgebung hatte er aus der Ferne genau im Visier gehabt und überprüft. Er fand weder seinen Vater noch dessen Auto auf dem Markt. Erst war er froh und glücklich, dass er nicht ertappt worden war. Trotzdem hatte er nun Angst und blickte in jede Richtung, ob der Vater zu sehen war. Vorsichtig erreichte er nach und nach die Hauptstraßenkreuzung. Danach musste er nach seinem Plan zweimal nach links und dann wieder links abbiegen. Er ging geradeaus weiter. Nach etwa fünfhundert Metern erreichte er den *Mesh Ali Supermarkt*. Dort, in der ersten linken Sackgasse, stand das Haus seiner Mutter.

Nach jeder Wegstrecke sicherte Mani sich vorne und hinten ab. Endlich erreichte er die Sackgasse mit dem Haus seiner Mutter. Diesmal wollte er sicher sein, dass sein Vater nicht vor dem Haus oder darin auf ihn wartete. Er wollte sich nie wieder durch ihn erwischen lassen. Lange dachte er nach über einen weiteren sicheren Plan und fand schließlich die Lösung: Er musste eine vertraute Person beauftragen, die Strecke zu kontrollieren. Denn er musste hundertprozentig sicher sein, dass der Vater nicht wieder auf ihn wartete. Sonst wäre alles umsonst gewesen.

Mani erinnerte sich plötzlich an seine frühere kleine liebe Freundin Shoku. Mit ihr hatte er oft gespielt und beide waren eng befreundet gewesen. Leider wusste er nicht genau, in welchem Haus Shoku wohnte, denn sie hatten sich immer draußen, am Anfang der Sackgasse, getroffen. Deshalb ging er zu einigen Häuser und rief laut nach Shoku.

Endlich hörte Shoku ihn und kam aus ihrem Haus zu Mani. Mani und Shoku haben sich herzlich begrüßt und umarmt. Shoku fragte Mani, wo er so lange gewesen sei und warum er sich damals nicht von ihr verabschiedet habe. Sie habe ihn immer gesucht und nie mehr gesehen. Auch die anderen Kinder hätten ihn vermisst. Keiner wusste, wo er war.

Mai sagte ihr: „Ich werde dir später alles erzählen, aber vorher habe ich eine große Bitte an dich!"

Shoku sagte: „Lieber Mani, für dich tue ich alles!"

„Dann geh bitte zu unserem Haus am Ende der Sackgasse. Die Farbe unseres Hauseingangs ist dunkelblau. Das Haus hat ein großes Schloss mit einem Loch in der Mitte. Durch das Loch kannst du das Innere des Hauses beobachten. Aber das Schloss ist zu hoch für dich. Du musst dich mit beiden Händen am Türgriff festhalten. Danach ziehst du deinen Körper hoch. Nachdem du das Schlüsselloch erreicht hast, kannst du das Innere beobachten. Sei ganz still und schau, ob du meinen Vater siehst. Er ist groß und kräftig und trägt eine Militäruniform. Wenn du ihn siehst, kommst du sofort zurück und sagst mir Bescheid. Aber pass auf, dass dich niemand verfolgt! Ich gehe vor eurer Haus und warte dort auf dich!"

Shoku machte sich sofort auf den Weg. Sie befolgte die Anweisungen von Mani genau. Als sie vor der Haustür war, zog sie sich mit beiden Händen am Türschloss hoch und schaute durch das Schlüsselloch hinein.

Sie sah den Vater im Garten. Er saß auf einem Stuhl und hielt ein Glas Saft in der Hand. Er unterhielt sich mit der Mutter und der Großmutter von Mani. Shoku eilte schnell zurück. Vor dem Treffen mit Mani vergewisserte sie sich mehrmals, dass niemanden ihr gefolgt war. Sie war sehr aufgeregt.

Als Shoku Mani sah, sagte sie ihm mit zitternde Stimme: „Mani, leider ist dein Vater im Haus von deiner Mutter! Bestimmt wartet er dort auf dich!"

Diese Nachricht passte Mani auf keinen Fall. Er bekam Gänsehaut und war fix und fertig. Er erinnerte sich an das letzte Mal. Damals hatte er sich von seinem Vater erwischen lassen. Diesmal durfte seine Flucht nicht wieder scheitern! Mani fragte Shoku, ob er sich bei ihr in ihrem Kinderzimmer verstecken könnte, bis sein Vater weg sei.

49

Shoku antwortete ihm: „Lieber Mani du bist sehr lieb, und du darfst dich bei mir auf jeden Fall verstecken."

Es war gegen vier Uhr nachmittags, ein heißer Sommertag. Mani ging mit Shoku zu ihrem Haus. Er versteckte sich vorsichtig in ihrem Kinderzimmer. Er war sehr froh, dass er bei Shoku Zuflucht fand.

Nach einiger Zeit sagte Mani zu Shoku: „Geh wieder zu unserem Haus und überprüfe, ob mein Vater das Haus inzwischen verlassen hat!"

Shoku machte sich wieder auf den Weg zum Haus von Manis Mutter. Sie stellte fest, dass der Vater immer noch da war. Als Mani davon hörte, wurde er wieder traurig und seine Hände begannen zu zittern. Die beiden waren sehr trübsinnig und unruhig. Shoku hatte in ihrem Kinderzimmer einige Puppen zum Spielen. Sie wollte Mani auf jeden Fall bei sich verstecken, denn sie war sehr besorgt um ihn. Zum wiederholten Mal sagte sie zu Mani: „Ich gehe jetzt nochmal zu eurem Haus. Vielleicht ist dein Vater inzwischen weg!"

Leider stellte sie wieder fest, dass der Vater noch da war. Shoku wurde, wie Mani, sehr ungeduldig. Sie wollte Mani auf jeden Fall helfen und ihn unterstützen. Deshalb ging sie nun in kurzen Abständen immer wieder zum Haus von Mani.

Inzwischen hatten einige Kindern und besorgte Nachbarn mitbekommen, wo Mani sich versteckt hielt. Der Vater wartete noch immer ungeduldig auf ihn.

Auch die Mutter von Shoku fand heraus, dass Mani sich im Zimmer von Shoku versteckt hielt. Sie ging zu den Kindern und hörte von Mani, was geschehen war. Sie wollte eine friedliche Lösung finden und entschied sich, die Eltern von Mani zu informieren. Als sie ihr Haus verlassen wollte, merkte Mani intuitiv, was sie vorhatte. Mit Tränen in den Augen und weinend küsste er ihre Hände und versuchte mit aller Kraft, sie zurückzuhalten. Auch Shoku fing an zu weinen und flehte ihre Mutter an, Mani zu helfen.

„Mani ist völlig unschuldig und er ist sehr lieb und sehr nett! Er leidet ständig unter dem Streit seiner Eltern!"

Sie bat ihre Mutter um einen letzten Versuch, feststellen zu dürfen, ob Manis Vater weg war oder nicht. Denn wenn er Mani sah, würde er ihn unverzüglich mitnehmen. Nach langem Zögern akzeptierte Shokus Mutter diesen letzten Versuch, und voller Aufregung ging sie wieder zum Haus von Mani. Alle Kindern und Nachbarn beobachteten sie. Viele wussten nicht, was sie vorhatte und was geschehen würde, doch alle warteten neugierig auf das Ergebnis.

Shoku war nervös und aufgeregt. Ihre Hände zitterten und ihr Gesicht war blass. Diesmal rutschte sie beim Anhängen an den Türgriff weg und fiel hin.

Amir dachte, Mani sei gekommen. Er stand sofort auf, ging zur Haustür, öffnete – und sah Shoku vor der Tür auf dem Boden.

## Kapitel 8: Erholung

Der Vater wunderte sich, warum so viele Kinder und Nachbarn vor der Tür standen. Shokus Gesicht war vor Angst kreideweiß. Sie machte sich große Sorgen um Mani und begann zu weinen. Gleichzeitig weinten auch die hinzugekommenen Kinder und Nachbarn, denn alle spürten, dass sich hier eine Tragödie abspielte.

Der Vater war sehr aufgeregt und fragte, wo Mani sei. Plötzlich warfen sich einige Kinder auf seine Füße und bettelten um Gnade für Mani. Es war herzzerreißend. Der Vater fragte wiederholt nach dem Versteck seines Sohnes.

Viele hinzukommende Freunde des Vaters bettelten nun ebenfalls um Gnade für Mani. Alle umarmten ihn und küssten sein Gesicht. Sie flehten ihn an um eine friedliche Lösung für Mani. Die Mutter, die Großmutter, der Großvater und deren Kinder kamen nun ebenfalls hinzu. Alle versuchten, zu vermitteln und Amir zu besänftigen. Sie baten ihn eindringlich, das Herz von Mani nicht mehr zu verletzen. Schließlich sei er nur ein kleines, unschuldiges Kind und habe das Recht, seine Mutter zu besuchen. Nach islamischem Recht allerdings gehört der Sohn dem Vater, nicht der Mutter, und er darf den Besuch zwischen Mutter und Sohn sogar verbieten. Das wusste Amir natürlich. In einem solchen Fall allerdings leidet natürlich jedes Kind darunter, denn Kinder verstehen solche religiöse Regeln und Vorschriften nicht.

Amir wurde so weich wie Butter und bat Nuri feierlich um Vergebung und Versöhnung. Die Familie von Mani und alle anderen waren tief gerührt. Sie hatten Tränen in den Augen und begrüßten die Versöhnung der Familie von Herzen. Amir wollte gern wieder mit seinem Sohn Mani und seiner Frau Nuri zusammen leben. Er versprach Nuri seine Unterstützung. Zur endgültigen Versöhnung umarmte er sie und küsste sie. Er wollte wieder, wie früher, eine glückliche Familie haben.

Mani indes hielt sich immer noch versteckt im Zimmer von Shoku. Er war sehr betrübt und aufgewühlt. Er konnte nicht ahnen, was während seiner Abwesenheit zwischen seinen Eltern geschah.

Shoku hingegen hatte alles aufmerksam mitverfolgt, und nun erklärte sie Amir, dass Mani sicher im Haus ihrer Mutter Haus sei. Amir freute sich sehr und ging zusammen mit Shoku, Nuri und seiner Schwiegermutter Tahere zum Haus von Shoku, um Mani abzuholen.

Nach kurzer Zeit kamen alle gemeinsam vor dem Haus an, sie klingelte und ihre Mutter öffnete und begrüßte die Eltern von Mani. Shoku hingegen rannte schnell hinein und eilte mit strahlendem Gesicht zu Mani. Sie umarmte ihn und erzählte ihm freudig, was passiert war.

Mani war zunächst skeptisch. Er konnte nicht glauben, dass seine Eltern sich versöhnt hatten. Dann jedoch schaute er durch das Fenster und sah dort draußen seine Mutter und seinen Vater strahlend Hand in Hand neben der Großmutter vor dem Haus stehen. Da begriff er, dass Shoku die Wahrheit gesagt hatte. Er gab ihr einen Kuss und bedankte sich bei ihr herzlich.

Nach dem Abschied von ihrer Mutter ging er zu seinen Eltern vor die Haustür. Endlich konnte Mani sich wieder beruhigen. Er strahlte vor Freude und konnte sein Glück kaum fassen. Nachdem er sie beide umarmt und geküsst hatte, ging er mit ihnen zusammen nach Hause.

Am Abend vor dem Schlafengehen wünschte er sich von seiner Großmutter die geliebte Geschichte von dem Zicklein und dem Wolf. Während sie sie ihm erzählte, sank er in einen tiefen, sanften Schlaf.

So vergingen Tage und Wochen. Einige Monate später, als Mani vier Jahre alt war, wurde seine Schwester Heide geboren. Das bedeutete in seinem abenteuerlichen Leben eine neue Phase und war ein wichtiges Ereignis. Alle freuten sich über das süße Baby, und die Familie schien wieder glücklich vereint.

Doch leider dauerte es nicht lange, bis das Glück die Familie wieder verließ und dunkle Wolken aufzogen. Nach und nach fing Amir wieder an, fremdzugehen, und natürlich wurde Nuri wieder nervös und traurig. Amir achtete nicht mehr auf das Wohl seiner Familie. Er dachte nur seine eigenen Interessen, und wieder mussten seine Kinder darunter leiden. Schon begannen wieder die Streitigkeiten mit Nuri. Sie drohte ihm immer wieder mit der Scheidung, doch ihre Drohungen hatten keinerlei Wirkung. Wieder eskalierte die kritische Situation, doch diesmal handelte es sich nicht, wie früher, um ein Kind, sondern um zwei Kinder. Der Vater interessierte sich vor allem für Mani. Er sagte zu Nuri: „Wenn wir uns scheiden lassen, dann nehme ich meinen Sohn zu mir und unsere Tochter Heide darf bei dir bleiben."
Diese Entscheidung war für Mani eine Katastrophe. Er hatte nicht die geringste Lust, bei seinem Vater und dessen Familie zu leben. Doch als kleines Kind hatte er keine Chance, sich der Entscheidung des Vaters zu widersetzen. Er fühlte sich viel wohler bei seiner Mutter und der Großmutter. Vor allem ging er hier jede Woche zwei- bis dreimal in einen privaten modernen Kindergarten, er hieß Bersabe. Dort gab es

ein großes Kinderkarussell im Hof. Im Klassenraum stand ein Klavier zum Tanzen und Singen bereit sowie verschiedene Kinderspiele. Mani fühlte sich in diesem Kindergarten wohl und glücklich. Außerdem hatte er zahlreiche Freundinnen und Freunde in seiner Umgebung, und dies alles sollte er jetzt verlassen.

## Kapitel 9: Kritische Phase

Mani versank erneut in eine tiefe Krise. Er hatte sich immer gewünscht, dass seine Eltern sich wieder vertrugen. Dann konnte er bei seiner Mutter bleiben und sein Leben genießen. Doch inzwischen war der Vater wieder tagelang abwesend. Er erklärte nie eindeutig, wo er war, und seine Ausreden klangen nicht sehr überzeugend: Mal war er angeblich auf einer Dienstreise oder er musste Verwandte oder Freunde besuchen. Mal musste er bei Bekannten feiern und anschließend dort übernachten usw. In Wirklichkeit war er bei einer Freundin oder er ging in Bars und Restaurants. Er amüsierte sich ohne seine Familie, ging fremd und betrog seine Frau. Wenn er zu Hause war, war er müde und musste schlafen oder sich ausruhen. Danach machte er sich frisch und verließ das Haus. Er traf sich mit Freunden und ging gemeinsam mit ihnen in Diskotheken und Bars. Kam er dann nach Hause, war es oft schon vier Uhr morgens oder sogar noch später.

Dann schlief er kurze Zeit, und danach musste er sofort zu seiner Dienststelle. Jedes Mal wurde Nuri unglücklicher und deprimierter. Sie litt tief unter den Eskapaden ihres Mannes, doch bei jeder Diskussion darüber hatte Amir weder Zeit noch Geduld. Er zog sich immer mehr von seiner Frau zurück. Durch Eifersucht und unerfüllte Liebe versank Nuri erneut in die Dunkelheit einer Lebenskrise. Sie fühlte sich körperlich angeschlagen und war seelisch tief verletzt. Der einzige vernünftige Ausweg war die Scheidung. Nur dadurch konnte sie ihre seelische Unterdrückung überwinden.

Ihre Mutter kümmerte sich inzwischen um ihre beiden Kinder. Sie hat sie gepflegt wie ihre eigenen Kinder. Die Großmutter hatte insgesamt sechs Kinder, zwei davon waren schon außer Haus. Nuri und drei jüngere Geschwister wohnten bei ihr. Mit Amir und dem Großvater waren sie eine achtköpfige Familie.

In der Familie arbeiteten zwei Haushaltshilfen, eine Mutter und ihre Tochter. Die Mutter hieß Nene und die Tochter Golnas. Sie waren Immigranten aus Südrussland. Nene war eine versierte, nette, liebe Frau. Sie kümmerte sich um alles, auch um Mani. Mani liebte Nene bald wie seine eigene Mutter. Amir dachte, die Familie sei gut versorgt, und er könne sich seinen nächtlichen Vergnügungen widmen.

Doch im Gegenteil zu Amir war Nuri unzufrieden und unglücklich. Sie musste unbedingt eine Lösung finden, einen Weg aus ihrer Misere. Ursprünglich hatte sie gehofft, Amir würde irgendwann seine nächtlichen Vergnügungen aufgeben und zu seiner Familie zurückkehren. Doch im Gegenteil versank er immer tiefer im Rausch des Alkohols und seiner nächtlichen Eskapaden. Er konnte sich nicht von seiner Sucht befreien. Erstaunlicherweise trank er nie einen Tropfen Alkohol während des Dienstes. Nur nach Dienstschluss und am Wochenende hat er getrunken. Bei jeder Armee ist während des Dienstes das Trinken von Alkohol natürlich verboten. Diese Regel hat Amir genau eingehalten und nie gegen sie verstoßen. Das war die klügste und vernünftigste Entscheidung in seinem Leben.

Nuri hat nie Alkohol getrunken. Sie hat Alkohol immer gehasst. Sie wollte das Leben normal und anständig wie jede glückliche Familie genießen. Mit Amir und seinen Alkoholexzessen konnte sie nicht glücklich werden. Sie bemühte sich, ihn zu bessern, ihn vom Trinken abzuhalten, aber es nützte alles nichts: Amir tat, was er wollte. Nuri war nicht in der Lage, diese Situation zu verkraften. Das Leben mit einem Alkoholsüchtigen war für sie unvorstellbar. Sie überlegte lange und kam dann zu einer Entscheidung: die endgültige Trennung, die Scheidung von Amir.

**Kapitel 10: Die Trennung**

Das junge Ehepaar hatte zwei kleine Kinder, und die Trennung brachte für beide dramatische Probleme. Die Scheidung der Eltern war für sie hart und grausam. Sie mussten am meisten darunter leiden. Sie wurden von ihrer gewohnten sozialen Umgebung getrennt, und diese Trennung wirkte sich auf die Seele, den Körper und ihre Entwicklung aus. In diesem Alter sind Kinder sehr sanft und empfindlich. Innerlich werden sie verzweifelt und traurig. Psychologisch wirkt eine solche Trennung sich nicht nur auf die Seele, sondern auch auf die Entwicklung der Kinder aus.

Amir wollte sein Leben nach seiner Vorstellung genießen und sich amüsieren, und Nuri konnte unter diesen Umständen das Leben mit ihm nicht mehr verkraften. Dadurch wurde das glückliche Leben der Familie geopfert und zerspalten. Mani war am meisten traurig, denn er hatte ja schon Erfahrungen mit der Trennung der Eltern gemacht.

Heide hingegen war noch klein und wusste nicht, was eine Trennung der Eltern bedeutet. Sie hatte ihren großen Bruder Mani sehr lieb und war stolz auf ihn. Mani wurde immer trauriger. Er erinnerte sich an seine quälende Vergangenheit: die Morddrohung des Vater, die Pistole an seiner Schläfe, seine eigenen verzweifelten Fluchtversuche. Diese dramatischen Erlebnisse hatte er nie vergessen können. Er hockte in seinem Zimmer in einer Ecke und blickte mit traurigem Gesicht zu seiner Mutter. Sie umarmte ihn und versuchte ihn zu beruhigen.

Ab und zu beobachtete Mani mit trauriger Miene seine kleine Schwester. Er dachte, bald wird sie genauso traurig sein wie ich, bald wird sie tief unter der Trennung der Eltern leiden. Er überlegte, dass er sie nicht im Stich lassen durfte. Sollte er wieder aus dem Haus des Vaters fliehen, würde er sie mitnehmen, denn jetzt kannte er alle Wege und Straßen. Vor allem musste er auf seine unerfahrene Schwester aufpassen. Nene, die Haushälterin, nahm Mani immer wieder auf den Arm und tröstete ihn. Sie war auch traurig und weinte oft mit.

Alle Verwandten und Freunde waren traurig. Nuri bat Amir verzweifelt darum, die Kinder nach der Scheidung bei ihr wohnen zu lassen. Er sollte sie nicht von ihr trennen und zu sich nehmen. Sie versprach ihm, er dürfe sie so oft er wolle besuchen. Doch die Familie von Amir riet ihm dringend davon ab, die Kinder bei der Mutter wohnen zu lassen.

Amir hatte ein schlechtes Gewissen. Er wollte Mani nicht wieder in die Tiefe einer Krise versinken lassen. Ihm war klar, dass seine Alkoholexzesse seine Familie zerstört hatten. Er wollte sich bessern, aber immer wieder scheiterten seine guten Vorsätze, denn seine Freunde haben ihn immer wieder zum Trinken verführt. Er wurde ständig durch sie überredet und ist dann abends tief in den Rausch abgestürzt. Er war nicht in der Lage, sich von seiner Sucht zu befreien. Doch nach wie vor hat er während der Arbeit nie Alkohol angerührt. Außerdem war er während des Dienstes immer ordentlich und diszipliniert. Niemand konnte sich vorstellen, dass er alkoholsüchtig war. Er sah auch nicht wie ein Alkoholiker aus, sondern war sportlich, gepflegt und gutaussehend. Amir machte den Eindruck einen talentierten, gebildeten Sportprofessors. Er konnte die Rekruten gut ausbilden und ihnen Militärdisziplin beibringen. Auf seiner Dienststelle war er als disziplinierter, intelligenter, zuverlässiger Mann bekannt. Täglich erschien er pünktlich und ordentlich zum Dienst, und bei Feierabend verließ er seine Dienststelle ordnungsgemäß. Außerdem war er nie arbeitsscheu oder krank. Mehrmals empfing er für seine Dienste und seine hervorragenden Leistungen Abzeichen und Beförderungen. Doch innerlich hatte er seiner Familie gegenüber wegen seiner Alkoholsucht ein schlechtes Gewissen, denn im Kern war er gut.

Aus menschlichen Gründen kam er nach langen Überlegungen zu einer Entscheidung zugunsten seiner Familie. Sie wurde bei einer Beratung der gesamten Familie getroffen, und dabei wurde Folgendes vereinbart: Amir trennte sich von seiner Frau und die Kinder blieben bei ihr. Außerdem wurde vereinbart, dass er seine Kinder unbeschränkt und jederzeit besuchen durfte.

Die ganze Familie, die Verwandten und Freunde begrüßten diese kluge Entscheidung und freuten sich über sie. Außerdem verpflichtete Amir sich zur Finanzierung und Versorgung seiner beiden Kinder. Er dachte bei dieser Entscheidung nicht nur an sein eigenes Wohl, sondern auch an das seiner Kinder. Außerdem dachte er: Wenn ich erst von meinen nächtlichen Vergnügungen und meiner Alkoholsucht befreit bin, kann ich wieder zu meiner Familie zurückkehren.

Mani war erleichtert. Er durfte weiter bei seiner Mutter, seiner Schwester und der Großmutter wohnen. Er konnte weiter in seinen geliebten Kindergarten gehen und seine soziale Umgebung genießen. Er und Heide haben den Vater weiterhin sehr lieb gehabt. Die Kinder vermissten ihn als einen lieben, freundlichen Vater. Immer, wenn er zu Besuch kam, freuten sie sich. Er brachte für sie Geschenke mit, Puppen, Spielzeug und Süßigkeiten. Er blieb im Herzen seiner Kinder ein lieber, netter, fürsorglicher Vater. Die Kinder haben sich immer gewünscht, dass die Eltern sich vertragen und wieder zusammen leben. Manchmal nahm der Vater seine Kinder sogar zu sich nach Hause. Bis Mani das Alter von sechs Jahren erreichte, lief alles gut.

## Kapitel 11: Schulanfang

Ab Mani sechs Jahre alt war, musste er zur Schule gehen. In der Nachbarschaft des Vaters wohnte ein konservativer, erfahrener Schuldirektor. Er hieß Tala imoje (in iranischer Sprache „goldene Wimper"), und tatsächlich hatte er goldene Wimpern und glatte blonde Haare. Er leitete eine private Schule im Süden vom Teheran bei der Ortschaft Ganatabad.

Im Gegensatz zum Haus des Schuldirektors lag die Schule nicht in der Nähe des Hauses von Amir. Es war eine Schule mit strengen Regeln. Wegen ihr musste Mani seine Mutter verlassen und zu seinem Vater ziehen; immerhin handelte es sich um seine Schulausbildung und seine Erziehung. Das hat ihm keineswegs gefallen, doch Mani musste die Entscheidung des Vaters respektieren. Inzwischen war er ein kluger Junge mit vielen Erfahrungen.

Täglich wurde Mani von einem älteren Nachbarskind zur Schule begleitet. Er hieß Manucher und ging in die gleiche Schule. Mani war im ersten Schuljahr und Manucher im sechsten. Manucher wusste über Mani und seine Fluchtversuche Bescheid. Deshalb hatte er ihn im Visier. Er war nett, aber ein wachsamer und zuverlässiger Begleiter.

Mani war unglücklich. Seine Gedanken kreisten ständig um seine Mutter, die Großmutter, seine kleine Schwester und die Pflegemutter. Daher konnte er sich kaum auf den Unterricht konzentrieren. Er stand unter starkem physischen und psychologischen Druck. In der Schule gab es bei Schulbeginn keine Begleitung durch die Eltern und kein

Fest, keine Feier mit Geschenken. Jeder Schüler musste absolute Ruhe bewahren und schweigen. Alle mussten in einer Reihe nebeneinander stehen und anschließend schweigsam und still in die Klasse gehen.

In der ersten Schulstunde mussten sie ganz still sitzen und durften nicht miteinander reden. Trotz der Hitze durften die Kinder weder trinken noch zur Toilette. In der Schule herrschten so strenge Regeln wie in einem Zuchthaus, und bei einem Verstoß gegen sie wurden die Schüler geprügelt. Die Kinder hatten ständig Furcht. Sie mussten Koranverse laut allein oder im Chor singen. Jedem Schüler wurde ein eigener Koran zur Verfügung gestellt. Dann wurden die Koranverse auswendig gelernt und gelesen.

Damals wie heute konnten viele Menschen die komplizierten Koranverse auf Arabisch weder verstehen noch lesen. Sie mussten sie auswendig lernen, denn es gab keine Übersetzung. Viele Gläubige waren der Meinung, dass alle Schüler die Koranverse laut und langsam auf Arabisch lesen müssten, sonst begingen sie eine große Sünde und kämen in die Hölle, um dort qualvoll zu verbrennen.

Nach den islamischen Regeln sind die Jungen verpflichtet, erst ab vierzehn bis fünfzehn Jahren zu beten. Das tägliche Gebet muss ausnahmslos in arabischer Sprache verrichtet werden. Nebenbei muss jeder Moslem versuchen, Arabisch zu lernen, und jeder Schüler soll die arabische Sprache so gut wie möglich beherrschen.

Gott sei Dank musste Mani noch nicht beten. Wenn ein Schüler in der Klasse ein Wort eines Koranverses falsch las, wurde er sofort beschimpft oder sogar verprügelt. Noch heute herrschen in vielen asiatischen und afrikanischen Ländern ähnliche Regeln, doch diese autoritäre Methode hat im Laufe der modernen Zeit allmählich an Einfluss verloren.

Mani musste sich an die strengen Regeln halten und sie respektieren, sonst wurde er beschimpft oder verprügelt. Wie jeder Schüler hatte er Angst vor den Schlägen, denn es gab oft brutale Prügel durch einige Lehrer.

Die erste Schulzeit war für Mani unergiebig und hart. Die Mutter durfte ihn nicht besuchen. Sein Unglück begann wieder. Alles wurde komplizierter: eine strenge Schule mit Prügel und die Sehnsucht nach der Mutter und nach seinen alten Freundinnen und Freunden. Ihm fehlten die abenteuerlichen Geschichten der Großmutter und das leckeres Essen der Pflegemutter. Alles belastete ihn wie ein Alptraum. Er sah oft traurig aus, und seine dramatische Situation wirkte sich auf sein Verhalten aus. Er war unzufrieden und unglücklich. Monatelang musste er seine Lage ertragen und verkraften. Doch er hat immer große Hoffnung auf die Zukunft. Er dachte, irgendwann einmal würde sich seine Lage wieder zu seinen Gunsten ändern.

Im ersten Schuljahr konnte er sich nicht gut orientieren und konzentrieren. Erst im zweiten Schuljahr erbrachte er durch sein Talent hervorragende Schulleistungen. In diesem Jahr fing sein Vetter Majid ebenfalls an der Schule an. Mani wohnte mit ihm im gleichen Haus, und so gingen sie täglich zusammen zur Schule und waren bald gut befreundet. Im Gegensatz zu Mani war Majid frech, aber ängstlicher und vorsichtiger. Auch er passte auf Mani auf. Wenn Mani in Richtung des Hauses seiner Mutter oder in eine andere Richtung abbiegen wollte, hinderte Majid ihn sofort daran. Doch Mani war körperlich stärker als sein Vetter und konnte sich leicht von ihm entfernen, daher hatte Majid immer Sorgen um Mani. Jedes Mal, wenn Mani versuchte, in eine andere Richtung auszuweichen, begann sein Vetter ihn zu warnen, und er holte Mani mit großer Mühe wieder zurück. Majid war sehr ängstlich und vorsichtig. Er machte sich Sorgen um Mani. Er wusste nicht, welche Erfahrungen sein Vetter in der Vergangenheit gemacht hatte. Im Gegenteil zu Mani konnte er sich nicht vorstellen, wie genau Mani die Umgebung durch seine früheren Fluchtversuche kannte und beherrschte.

Mani war ein stolzes Kind. Er wollte seinem Vetter gegenüber über seine Sehnsucht und seine bittere Vergangenheit verbergen, denn wenn man davon erfuhr, wäre es für ihn eine peinliche Blamage in der Schule gewesen. Er wollte auf keinen Fall, dass die anderen Kinder von seiner tragischen Vergangenheit und seinen großen Sehnsüchten wussten. Daher sprach er nie mit ihnen über seine Familienverhältnisse und wollte nie über seine Probleme reden. Er war sehr stolz und wollte kein Mitleid.

Während des zweiten Schuljahres musste Mani Vater mehrere Monate dienstlich zum Kaspischen Meer reisen. Mani wurde allein ohne Vater und Mutter unter die Obhut seiner jungen Tante Forugh gestellt. Die Tante kümmerte sich sorgfältig um ihn; ab und zu allerdings versetzte sie Mani in Angst und verprügelte ihn auch. Während des dritten Schuljahrs hat die junge Tante geheiratet und zog in das Haus ihres Mannes.

Inzwischen hatten die Eltern von Manis Mutter ein neues, großes Haus mit verschiedenen Geschäften gekaut. Nuri zog mit ihren Eltern und Geschwistern in das neue Haus der Eltern. Es war viel weiter entfernt als das alte Haus. Der große Vetter von Mani durfte ihn zum ersten Mal zu diesem Haus begleiten. Es war nur ein kurzer Tagesbesuch.

Inzwischen hatte die Großmutter selbst ein Baby bekommen: Giti. Es war ein niedliches, süßes Baby, und Mani schloss es sofort in sein

Herz. Jedes Mal war er begeistert, wenn er seine Mutter, seine Schwester Heide, Gitti und den Rest der Familie besuchen durfte. Er bekam seelische Energie und spürte eine grandiose Freude; dadurch verschwand seine trübe Laune und seine Seele wurde gereinigt.

Während der Schulferien durfte Mani seine Mutter mit der Familie sogar einige Tage besuchen und übernachtete dann bei ihnen in dem neuen Haus. Jedes Mal beim Abschied war er sehr traurig. Sein Vater musste seine Dienste außerhalb der Hauptzentrale in Teheran fortsetzen.

Inzwischen war auch Heide, die kleine Schwester von Mani, von ihrer Mutter getrennt worden. Sie wohnte mit Mani zusammen bei dem Vater, und beide standen überwiegend unter der Obhut der Großmutter. Praktisch wohnten Mani und Heide von Vater und Mutter getrennt unter der Vormundschaft der Großmutter. Mani war inzwischen zehn Jahre alt und sehr vernünftig und klug. Nach Konsultierung seines Vaters gelang ihm ein Konsens: Er durfte mit seiner Schwester Heide gemeinsam jedes Wochenende seine Mutter in ihrem neuen Haus besuchen und bei ihr übernachten. Während der Ferien konnte er mit ihr sogar jede Woche zwei bis drei Tage dort übernachten.

Mani war sehr klug und kannte die lange Strecke vom Haus seines Vater zum neuen Haus der Mutter genau: Er musste zuerst mit seiner Schwester etwa zwanzig Minuten zu Fuß bis zur ersten Buslinie gehen. Mit dem Bus mussten sie dann bis zur Endstation fahren, und anschließend mussten sie wieder etwa zwanzig Minuten bis zur nächsten Busstation laufen. Mit der zweiten Buslinie konnten sie direkt zum Haus der Mutter fahren, denn es stand direkt vor der Busstation. Alles zusammen dauerte über anderthalb Stunden.

Inzwischen leistete der Vater seine Dienste überwiegend in Nordiran beim Kaspischen Meer. Er besuchte ab und zu seine Kinder in Teheran. Als Mani elf war, heiratete der Vater seine zweite Frau, Sedi. Sie
war Mitte zwanzig und sehr hübsch und elegant. Amir reiste in Begleitung seiner neuen Frau zur afghanischen Grenze in die Provinz
Jazdan, um dort seinen Dienst fortzusetzen. Er wurde als Gouverneur
in der Provinz Jazdan eingestellt. Nach seiner Ankunft in Jazdan zog
er mit Sedi direkt in das Ministerium.

Die neue Frau von Amir war unfruchtbar und konnte keine Kinder
bekommen. Deshalb hat sie sich sehr für die Kinder von Amir interessiert, und nach einer Beratung mit ihrem Mann beschlossen, dass Mani
zu ihnen in die Provinz Jazdan ziehen sollte. Heide durfte zunächst bei
ihrer Mutter bleiben.

**Kapitel 12: Jazdan**

Die Strecke von Teheran bis in die Provinz Jazdan beträgt über 1.500 Kilometer. Es war eine weite, abenteuerliche Reise. Als elfjähriges Kind konnte Mani nur mit einer vertrauten Person reisen, und Amir beauftragte seinen Schwager Terani, Mani von Teheran nach Jazdan zu begleiten.

Die Reise wurde sorgfältig geplant: Erst mussten die beiden mit dem Zug von Teheran nach Meshad fahren, eine Strecke von über neunhundert Kilometern. Bei der Ankunft in Meshed übernachteten sie in einem Hotel, und danach fuhren sie mit dem Reisebus weiter in die Provinz Birjand. Von Birjand mussten sie wieder mit dem Bus in die Provinz Torbat fahren. Dort wurden sie von dem Fahrer von Amir im Auto abgeholt.

Planmäßig trat Mani in Begleitung von Terani die abenteuerliche Reise an, und von Teheran aus fuhren sie pünktlich mit dem Zug in Richtung Meshad. Während der Fahrt durch verschiedene Städte und Stationen wurden Pausen eingelegt. Der Zug durchquerte die heiße Wüste Lut und erreichte nach dreiundzwanzig Stunden endlich die Großstadt Meshad. In Meshad übernachteten sie wieder zwei Tage in einem Hotel, und anschließend wurde die Reise mit einem Reisebus in Richtung der Provinz Birjand fortgesetzt. Dort übernachteten sie wieder im Hotel, und danach reisten sie mit einem anderen Reisebus in Richtung Torbat. Die Entfernung von Meshad bis Torbat betrug ebenfalls mehrere hundert Kilometer.

Der Vater hatte im Voraus sein Auto mit seinem Fahrer in die Provinz Torbat geschickt, und dort wartete der Fahrer schon auf die Ankunft der beiden Reisenden. Als Mani und Terani aus dem Reisebus stiegen, wurden sie von ihm im Empfang genommen und begrüßt. Der Rest der Reise wurde im Auto in die Provinz Jazdan bei der afghanischen Grenze fortgesetzt.

Viele Wege und Straßen waren nicht asphaltiert. Die Strecke hatte tiefe Schlaglöscher mit Wasser und Schlamm, und das Wetter war heiß und stürmisch. Sand, Wind und Staub erschwerten die Fahrt. Oft konnten sie wegen des warmen, feuchten Wetters und dem Staub nur schwer atmen. Auch das Trinkwasser war heiß und ungenießbar. Die Fahrt dauerte Stunden, bis sie erst die Provinz Gazik und anschließend endlich Jazdan erreichten.

Amir und Sedi waren nach der langen Wartezeit aufgeregt. Sie warteten ungeduldig vor dem Ministerium auf Mani und Terani. Nach der Ankunft der Gäste wurden sie herzlich begrüßt und umarmt. Mani lernte zum ersten Mal seine Stiefmutter Sedi kennen. Bei dem wüsten Wetter gab es bei der Ankunft in Jazdan zuerst kühle Getränke und Säfte mit Obst und Gemüse, anschließend aßen sie gegrilltes Fleisch mit Reis und Safran.

Das Ministerium in Jazdan wurde Tag und Nacht durch Grenzsoldaten überwacht. Amir wohnte mit seiner Frau Sedi direkt im Ministerium in einer großen Vierzimmerwohnung. Dazu kam ein Empfangsraum mit Büro. Der Familie dienten ein Koch, ein Diener und ein Fahrer. Außerdem gab es zwei Pferde für unpassierbare Strecken.

Nach einem kurzen Aufenthalt beendete Terani seinen Besuch und kehrte zurück nach Teheran. Er wurde von dem Fahrer nach Torbat bis zum Reisebus begleitet. Mani blieb bei seinem Vater und der Stiefmutter.

Täglich wurden im Ministerium zwei verschiedene Mahlzeiten durch den Meisterkoch zubereitet. Jeder durfte täglich sein gewünschtes Essen bestellen. Reis mit Safran war Manis Lieblingsessen. In der Provinz Jazdan gab es nur wenige Einwohner, und so lebten hier nur wenige Kinder. Sie betrachteten Mani als den Sohn des bekannten Gouverneurs und verehrten ihn voller Respekt. Vor allem war er für die Bewohner eine bekannte Persönlichkeit aus der Hauptstadt Teheran in der Provinz Jazdan. Er wohnte mit Bodyguard direkt im Ministerium und wurde mit Fahrer im Dienstfahrzeug begleitet.

Mani versuchte oft, mit den Kindern in Jazdan zu spielen, doch sie zogen sich immer respektvoll von ihm zurück. Alle nahmen von ihm Abstand, als wäre er ein höheres Wesen. Das war Mani peinlich. Er hatte keine Spielkameraden und fühlte sich einsam. Ihm fehlten die Freunde seiner Schule und die Nachbarschaft in Teheran.

Im Büro des Vaters gab es ein Fernglas. Neugierig studierte Mani damit die Umgebung und beobachtete die Grenzsoldaten im Nachbarland Afghanistan. Das war seine Hauptbeschäftigung. Oft kamen bekannte Gäste wie der letzte König von Afghanistan, der König Zaher Shah und einige Fürsten sowie Freunde seines Vaters zum Besuch ins Ministerium.

Manchmal wurde auch gegrillt und gefeiert. Oft rauchten einige Gäste Opium, etwa der König von Afghanistan. Der König war sehr klug, nett und human. Er spielte ab und zu mit Mani. Er war ein versierter Jäger. Mani mochte das Schießen und Töten von Tieren nicht, doch er liebte den König und begleitete ihn oft mit seinem Vater und den Wachsoldaten. Er hat bei jedem Feier mitgefeiert. Nur das heiße Wetter mit Sandstürmen waren ihm lästig.

Vier Wochen nach der Ankunft von Mani reiste seine Stiefmutter Sedi zu ihrer älteren Schwester Mehri nach Teheran, und zwei Wochen darauf wurde Amirs Dienst in Jazdan beendet. Er wurde von Jazdan nach Meshad versetzt.

## Kapitel 13: Meshad

Mani reiste mit dem Vater nach Meshad. Meshad ist eine Großstadt mit angenehmem Klima. Dort wohnten sie zuerst einige Wochen in einem Hotel, und später dann mietete der Vater ein Vierzimmerappartement in unmittelbarer Nähe des Shah Reza Hospitals. Die Stiefmutter Sedi kam später von Teheran nach Meshad und zog in das Vierzimmerappartement ein.

Amir trank nicht mehr so viel wie früher, und Mani ging in eine neue Volksschule. Die Schule in Meshad war nicht so streng und konservativ wie die in Teheran. Er konnte sie nach einem Jahr erfolgreich beenden. In diesem Jahr wurde Heide wieder von ihrer Mutter getrennt und von Teheran nach Meshad gebracht. Die vierköpfige Familie wohnte nun in der gemeinsamen Wohnung in Meshad.

Mani ging nach Beendigung der Volksschule zum Gymnasium. Heide ging ebenfalls, wie Mani, in Meshad zur Schule. In dieser Zeit beschloss die Stiefmutter, Heide für immer bei sich zu behalten und von ihrer Mutter zu entfernen. Demgemäß durfte sie nie wieder bei ihrer Mutter wohnen. Es war eine bittere Entscheidung für Heide und ihre Mutter. Die Stiefmutter hatte keine eigenen Kinder, weil sie unfruchtbar war. Sie wollte Heide für sich allein behalten und in eigener Regie erziehen. Sie war rücksichtslos, neidisch und eifersüchtig. Dadurch fügte sie nicht nur Heide, sondern auch Nuri seelische Schäden zu.

Einmal reiste Nuri verzweifelt von Teheran nach Meshad, um ihre Kinder zu sehen. Die Stiefmutter brachte Heide sofort zu einer Freundin und versteckte sie dort. Nuri war neunhundert Kilometer von Teheran nach Meshad gereist, um ihre Kinder zu besuchen, doch sie fand von Heide keine Spur. Sie konnte Mani nur kurz in der Schule besuchen. Weinend bettelte sie die Stiefmutter um einen kurzen Besuch bei Heide an, doch die Stiefmutter lehnte kalt ab. Mani wusste auch nicht, wo Heide war.

Später allerdings durfte er zweimal jährlich, während der Ferien, nach Teheran reisen und dort seine Mutter besuchen. Nur Heide durfte ihre Mutter auf keinen Fall sehen. Gegen diese grausame Entscheidung war Mani machtlos. Der Vater hat sich immer zurückgezogen. Mani konnte seiner Schwester nicht helfen. Er hatte Mitleid mit ihr und seiner Mutter.

Die Schulzeit von Mani und Heide hingegen verlief gut, und Mani lernte in Meshad viele nette Freunde kennen. Er besuchte drei Jahre lang das Gymnasium. Danach wurde der Vater wieder von Meshad nach Teheran versetzt. Deshalb musste die Familie wieder nach Teheran zurückkehren.

Insgesamt verbrachte die Familie vier Jahre in Meshad.

**Kapitel 14: Wieder in Teheran**

Mani war inzwischen sechzehn. Er sah freundlich, athletisch und elegant aus. Viele Mädchen interessierten sich für ihn und schwärmten
für ihn. Der kleine Mani war zu einem stolzen, gutaussehenden jungen
Mann herangewachsen. Er war freundlich, intelligent und begabt. Er
hatte einen guten Charakter und gepflegte Manieren. Kaum in Teheran
angekommen, erfüllte er endlich den Wunsch seiner unterdrückten
Schwester: Er trennte sie unverzüglich von der ungeliebten Stiefmutter. Der Vater hat sich, wie in der Vergangenheit, neutral verhalten
und sich zurückgezogen.

Diesmal war Mani stärker als die Stiefmutter. Sie war gegen seine
Initiative machtlos. Die Frau war nicht mehr in der Lage, Mani und
seine Schwester zu verängstigen oder zu unterdrücken. Mani hat seine
kleine Schwester unterstützt. Er hat wegen ihr mit der Stiefmutter gestritten und für sie gekämpft. Mani sagte zu ihr mit lauter Stimme:
„Jetzt ist Schluss mit deiner Überheblichkeit! Die Zeiten, in denen du
uns tyrannisiert hast, sind vorbei!"

Unter Manis Obhut wurde Heide unverzüglich von ihrer Stiefmutter getrennt. Praktisch hat er seine verängstigte Schwester von der
Stiefmutter befreit.

Danach nahm Mani die Schwester mit und begleitete sie zum Haus
seiner Mutter. Als er mit ihr dort ankam, war sie leider unterwegs,
doch kurze Zeit darauf kam sie zurück. Sie war durch die Anwesenheit ihrer Kinder sehr überrascht. Sie bekam Weinkrämpfe und Schüt-

telfrost. Nuri hatte ihre Tochter so lange nicht gesehen und sehr vermisst. Beide hatten darunter gelitten. Sie hatten jahrelang neunhundert Kilometer weit auseinander gelebt. Das Wiedersehen war herzzerreißend.

Nuri erlebte mit ihren Kindern nach einer langen Zeit der Trauer nun wieder eine schöne Zeit in ihrem Leben. Mani war nun wie eine Schutzperson für seine Familie. Jeder in der Familie war stolz auf ihn. Er war für die ganze Familie ein zuverlässiger Unterstützer. Heide war über die Hilfe ihres Bruders sehr stolz und dankbar. Die Zeit der Unterdrückung durch die Stiefmutter gehörte der Vergangenheit an. Endlich war ihre Tyrannei vorbei.

## Kapitel 15: Im Marvi-Gymnasium

Mani musste sich nun wieder an einem neuen Gymnasium in Teheran einschreiben lassen. Sein Onkel von mütterlicher Seite hatte das Marvi-Gymnasium im Zentrum von Teheran besucht. Diese Schule war sehr populär und beliebt. Auch Mani schrieb sich bei diesem Gymnasium ein. Er wohnte jetzt bei seiner Mutter in einem großen Haus. Es lief alles sehr gut und friedlich. Täglich fuhr er mit dem Onkel zum Gymnasium hin und wieder zurück. Er und der Onkel wählten als Hauptfach Mathematik. Der Onkel hat das Gymnasium vorher verlassen, denn er hatte eine Beschäftigung beim Rathaus gefunden. Er heiratete mit einundzwanzig Jahren eine nette junge Frau. Danach ging Mani ohne Begleitung des Onkels zum Gymnasium. Der Vater besuchte gelegentlich seine Kinder bei Nuri.

Mani fing außerdem an, in einer Musikschule Akkordeon zu lernen. Nach einigen Monaten beherrschte er das Instrument tadellos. Er spielte spitzenmäßig viele Melodien und trat als Solist bei Feiern und Familienhochzeiten auf. Er improvisierte und musizierte mit dem Akkordeon in eigener Regie. Am besten konnte er sein Lieblingsstück *Limelight* von Charlie Chaplin spielen. Er wurde durch das Akkordeon sehr populär, und so lud ihn ein Moderator ein, als Solist im iranischen Fernsehen aufzutreten. Auch hier spielte er *Limelight*, und nach seinem Auftritt wurde er mit großem Applaus bedacht. Durch das Fernsehen wurde er bei den Familien und Freunden in hohem Maß populär und bekannt.

Nebenbei hat er Klavier gespielt; trotzdem hat er sich intensiv auf seine Ausbildung im Gymnasium konzentriert. Mani hat nach einigen Jahren das Abitur erfolgreich im Fachbereich Mathematik und Naturwissenschaft abgeschlossen. Die ganze Familie, von seinem Vater bis zu seiner Mutter sowie seine Schwester Heide und die Freunde haben ihn mit großer Freude gratuliert.

Bei einer Familienberatung, an der Mani teilnahm, kamen alle zu einer kollektiven Entscheidung: Es wurde einstimmig beschlossen, dass Mani nach Europa gehen und ein Studium an einer europäischen Universität aufnehmen sollte. Diese Entscheidung bedeutete für Mani wieder eine Trennung von seiner Familie; außerdem musste er sich von seinem Heimatland trennen.

Nun galt es, sich für ein Land zu entscheiden. Mani interessierte sich am meisten für Deutschland. Er kannte das deutsche Volk als fleißig und tüchtig. Er hatte sich über die Geschichte Deutschlands während der Kriegszeit informiert und hatte Interesse an Deutschland und an der deutschen Bevölkerung. Nach dem Zweiten Weltkrieg war das Land komplett ruiniert und zerstört worden, doch nach dem Krieg hatten die Deutschen angefangen, ihr Land wieder aufzubauen. Zehn bis zwanzig Jahre nach Ende des Zweiten Weltkriegs hatte Deutschland sich regeneriert. Es war wieder ein hochmodernes Land, und die ganze Welt bewunderte es für seine Entwicklung und seine Fortschrittlichkeit. Mani bewunderte den Ehrgeiz und das Talent der deutschen Ingenieure, Techniker und Handwerker. Alles über die Deutschen und die rasante Entwicklung in diesem Land faszinierte ihn. Seinen eigenen Interessen und Initiativen folgend entschloss er sich daher, nach Deutschland zu gehen. Dort wollte er ein Studium an einer bekannten Universität aufnehmen.

Er ließ dafür zunächst seine sämtlichen Unterlagen und Zeugnisse durch einen vereidigten iranischen Dolmetscher in die deutsche Sprache übersetzen und beglaubigen. Zusätzlich informierte er sich über deutsche Gesetze, Vorschriften und Regeln für ausländische Studierende in Deutschland. Um Deutsch zu lernen, wurde ihm ein Intensivdeutschkurs beim Goetheinstitut in Deutschland empfohlen. Mani entschied, seine Reise nach Deutschland nicht mit dem Flugzeug, sondern mit dem Reisebus zu machen. So konnte er zusätzlich Länder wie die Türkei, Bulgarien, Jugoslawien und Österreich kennenlernen. Für Mani war seine erste Auslandreise sehr wichtig. Er wollte in seinem Leben so viele Länder kennenlernen wie möglich.

Leider nahm Mani nun auch Abschied von seiner jüngeren Schwester Heide. Sie musste nun allein, ohne Unterstützung ihres Bruders, mit ihrem Schicksal in Teheran zurechtkommen. Für die beiden Geschwister war der Abschied bitter.

Vor seiner Reise nach Deutschland wurde Mani von einem Oberst für eine Agententätigkeit im Ausland angesprochen. Er sagte ihm, er würde sofort als Agent mit einem guten Gehalt eingestellt werden, und seine Dienstzeit würde ihm als Militärdienst angerechnet. Er solle nur oppositionelle Studenten und ihre Tätigkeit gegen die iranische Regierung observieren und seine Informationen dann an die zuständige Spionageabteilung weiterleiten.

Mani gefiel diese Art der Tätigkeit nicht, doch der Oberst versuchte ihn andauernd zu überreden. Mani sprach mit seinem Vater und seinem Onkel General Katusi über das Problem, und beide teilten ihm klipp und klar Folgendes mit: Der Oberst will, dass du deine Freunde ausspionierst und jeden Verstoß gegen die iranische Regierung verpfeifst. Du sollst praktisch auf Kosten deiner Freunde Geld verdienen und damit reich werden. Das wäre das schmutzigste Geld, das es in der Welt gibt. Danach haben der Vater und der Onkel den Oberst ausfindig gemacht und gewarnt. Daraufhin ließ er Mani in Ruhe und sprach ihn nie wieder an.

Nun konzentrierte Mani sich weiter auf seine Auslandsreise. Er besorgte sich zuerst einen Pass vom Passamt. Danach bestellte er bei einer Reisegesellschaft ein Busticket von Teheran nach Deutschland. Insgesamt hatte er über 8.000,00 DM als Reisegeld zur Verfügung.

Mani hing sehr an seiner Familie. Einen Tag vor der Abreise verabschiedete er sich von allen Familienmitgliedern und von seinen Freunden. Seine tiefsten Gedanken waren bei seiner kleinen Schwester Heide. Mani konnte weder die Trennung von seiner Familie noch die von seiner kleinen Schwester gut verkraften. Der Abschied war für ihn und alle anderen sehr schmerzhaft. Daher entschied er, sich schon einen Tag vor der Abreise von allen zu verabschieden. Dabei wurden viele Tränen vergossen. Am Tag seiner eigentlichen Abreise wollte Mani nur durch seinen älteren Onkel Esat begleitet werden. Auch sein Vater versprach ihm, ihn bei der Abreise zu begleiten; leider blieb er an diesem Tag dann in einem Verkehrsstau stecken – als er die Busstation endlich erreichte, war der Bus mit Mani schon längst unterwegs.

Bei der Abreise war Mani sehr aufgeregt und traurig. Im Reisebus gab es viele Passagiere mit Fahrtzielen in unterschiedlichen Ländern. Der Bus musste zuerst die iranisch-türkische Grenze Bazargan erreichen. Vor dem Grenzübertritt fuhren sie an der Großstadt Tabriz vorbei. Dort übernachteten alle Reisenden zum letzten Mal in der Heimat in einem Hotel.

**Kapitel 16: Im Ausland**

Am Tag danach fuhr der Bus weiter in Richtung türkische Grenze. Dort wurden alle gesetzlichen Formalitäten durchgeführt. Anschließend ging die Reise weiter in die Türkei. Die erste Übernachtung in dem fremden Land fand in der Stadt Erzurum statt. Das Wetter wurde kälter.

Als die Reisenden aus dem Bus stiegen, tauchten unmittelbar vor ihnen lauter vier- bis sechsjährige Kinder auf, die ihre Dienste als Schuhputzer anboten. Die Preise waren niedrig – umgerechnet nur etwa drei bis vier Pfennige. Das war für die Iraner eine unbedeutende Summe, nicht die Rede wert. Fast zum Heulen. Alle Reisenden wollte den armen, niedlichen Kindern nun helfen und ihr Herz nicht für drei oder vier Pfennige verletzen. Bei Mani und bei einigen anderen Reisenden wurden die Schuhe deshalb sogar mehrere Male geputzt.

Am Abend schlief Mani zum ersten Mal in seinem Leben in einem Hotel im Ausland. Morgens nach dem Frühstuck reiste er mit den anderen Reisenden von Erzurum in Richtung Istanbul weiter, eine Metropole der Türkei. Dort war für die Reisenden ein längerer Aufenthalt eingeplant: Stadtbesichtigung und Einkäufe.

In Istanbul gab es nicht nur viele Sehenswürdigkeiten, sondern auch verschiedene Geschäfte und Restaurants mit delikatem Essen. Während des Tages besichtigte Mani mit einigen neuen Freunden Läden und Sehenswürdigkeiten. Anschließend kaufte er sich eine schicke Lederjacke für 150,00 DM.

Am Abend ging er mit den neuen Freunden in ein Restaurant. Dort bestellten sie sich nach eigenen Wünschen ein delikates Essen mit Nachtisch. Das Essen war sehr lecker. Alle verzehrten die Speisen mit großem Appetit. Ein Fotograf hat sie gemeinsam fotografiert, und jeder bekam ein Bild als Souvenir. Auch Mani bestellte ein gemeinsames Bild zum Andenken. Die Nacht verging sehr schön und unterhaltsam. Eigentlich war es für Mani die schönste Reisenacht in seinem Leben.

Am nächsten Tag nach dem Frühstück setzten alle die Reise fort nach Bulgarien. Erst überquerten sie die bulgarische Grenze, und danach fuhren sie in Richtung der Hauptstadt von Bulgarien, in die schöne Stadt Sofia. Auch hier gab es viele Sehenswürdigkeiten und interessante Geschäfte mit Straßenhändlern. Meist boten die Straßenhändler Uhren mit Armband zum Verkauf an. Mani kaufte sich zum Andenken eine unbekannte, aber schöne Armbanduhr.

Am Abend übernachteten alle wieder in einem Hotel und ruhten sich dort aus. In der Umgebung der Stadt gab es viele ausgedehnte Weinplantagen. In jeder von ihnen gab es massenweise wunderschöne, rote Weintrauben. Sie sahen faszinierend aus.

Am Abend übernachtete Mani wieder mit allen Reisenden in einem Hotel in Sofia. Am nächsten Tag ging die Reise weiter mit dem Ziel Belgrad, damals die Hauptstadt von Jugoslawien.

Belgrad hatte viele Ähnlichkeiten mit Sofia. Die Bewohner sprachen nur ihre Muttersprache; Englisch hat kaum jemanden verstanden. Im Restaurant gingen alle direkt in die Küche, um dort das Essen zu bestellen: Jeder Gast zeigte mit dem Finger auf sein Essen, zeigte es dem Kellner und bestellte so. Danach wurden die ausgesuchten Speisen vom Kellner am Tisch serviert.

Am Abend schlief Mani wieder mit dem Reiseführer und den anderen Reisenden in einem großen, modernen Hotel. Nach der Übernachtung in Belgrad mussten die Reisenden die Reise zur österreichischen Grenze fortsetzen, und von dort aus ging es in Richtung Wien.

Wien war eine große, schöne Stadt. Dort übernachtete Mani zum letzten Mal im Hotel mit dem Reiseführer und einigen anderen Gästen. Einige Reisegäste wohnten direkt in Wien, andere in anderen Städten. Dadurch reduzierte sich die Anzahl der Reisegäste fast bis zur Hälfte.

Am nächsten Tag bedankte Mani sich zuerst bei dem Reiseführer herzlich und verabschiedete sich von den anderen Reisegästen. Dann fuhr er ganz allein mit dem Zug weiter vom Hauptbahnhof Wien zum Hauptbahnhof München.

## Kapitel 17: Deutschland

Mani kam an einem Sonntag gegen 17:00 Uhr auf dem Hauptbahnhof München an. Ab jetzt war er allein, ohne Begleiter und Freunde. In Deutschland wurde selbstverständlich überall Deutsch gesprochen, doch auch mit Englisch konnte er sich einigermaßen verständigen.

Zum ersten Mal in seinem Leben fühlte er sich komplett einsam und allein. Er konnte kaum Deutsch sprechen und kannte niemanden. Plötzlich bekam er großes Heimweh nach seiner Heimat, nach seiner Familie und nach seinen Freunden. Er trug einen maßgeschnittenen braunen Anzug, ein weißes Hemd und eine helle Samtkrawatte. Als Gepäck hatte er nur einen großen schwarzen Koffer.

Schüchtern musterte er das reisende Publikum in der Bahnhofshalle. Alle waren ihm fremd. Er konnte den fremden Menschen nicht trauen und suchte nach irgendeinen Landsmann. Aber leider fand er niemanden.

Unbewusst hatte er sich lange Zeit nicht von seinem Platz in der Bahnhofshalle bewegt. Er stand einfach nur da mit seinem Koffer und hielt ihn die ganze Zeit in der Hand fest. Manchmal wechselte er ihn von einer Hand in die andere.

Zwei kleine Mädchen, etwa dreizehn bis vierzehn, versuchten, ihm zu helfen, doch sie sprachen mit Mani nur Deutsch, und so konnte er sie nicht verstehen. Eins der Mädchen malte dann zwei Bilder in ihr Heft: Ein Bild zeigte einen Mann im Stehen mit einem Koffer in der

Hand, und das zweite stellte einen Mann auf einem Stuhl dar, den Koffer auf dem Boden abgestellt.

Mani begriff sofort, was die beiden Mädchen ihm sagen wollten. Er lächelte freundlich und nickte zum Danken höflich mit dem Kopf. Erst jetzt merkte er, dass er über zwei Stunden mit dem Koffer in der Hand stehengeblieben war. Erleichtert setzte er sich auf einen Sitzplatz. Danach verabschiedeten sich die beiden Mädchen von ihm.

Nach fünf Stunden Wartezeit im Bahnhof wurde Mani ungeduldig, doch erst ab 22:00 Uhr begann er damit, Passanten auf Persisch anzusprechen. Er fragte sie, ob sie Iraner seien. Nach etwa einer Stunde nahm ein vierzigjähriger Iraner ihn ins Visier. Er meldete sich bei Mani und fragte ihn, ob er Hilfe bräuchte.

Mani grüßte ihn und fragte ihn höflich nach einem sicheren Hotel für die Übernachtung. Der fremde Mann antwortete, er selbst habe in der Umgebung des Bahnhofs mit seinem Freund ein Doppelzimmer in einem zuverlässigen Hotel gemietet. Es sei ein sauberes, gemütliches und sicheres Haus.

Mani stellte ihm einige Fragen. Danach vertraute er dem Fremden und ging schließlich mit ihm in sein Hotel. Dort bekam er ein Einzelzimmer für 40,00 DM pro Übernachtung. Mani hatte viel Bargeld und Wertgegenstände bei sich; daher musste er sehr vorsichtig sein.

Am nächsten Tag freundete Mani sich enger mit den beiden Iranern an. Es handelte sich, wie er erfuhr, um zwei Kaufleute aus Teheran. Sie besaßen einen neuen Opel mit vielen Artikeln zum Export in den Iran. Bei einem weiteren Einkauf nahmen sie Mani mit.

Mani besorgte zuerst ein Transistorradio mit Kurzwellenempfang, um die iranische Sendung zu empfangen. Damals gab es jeden Abend ab 21:30 bis 22:30 Uhr eine iranische Sendung mit Musik und Unterhaltung direkt aus Teheran. Es war die einzige Sendung auf Iranisch in Europa und in der ganzen Welt.

In München hatten alle iranischen Geschäftsleute einen festen Treffpunkt in einem Restaurant. Dort haben sie sich gegenseitig unterstützt und einander Hilfe geleistet. Praktisch war es eine Informationsstelle für jeden Iraner. Mani hat alles genau beobachtet und kennengelernt.

Am dritten Tag begleitete Mani seine neuen Freunde wieder zum Einkaufen. Vorher parkte ein Freund sein neues Auto in einer Nebenstraße bei einem Parkplatz. Mani wollte den Straßennamen aufschreiben, doch der Autobesitzer war in Eile und sagte zu Mani, es genüge, wenn man irgendeinen Namen auf einem Schild notiere. Mani aber wollte konkret den Namen auf einem Straßenschilf aufschreiben. Sein eiliger Freund riet ihm wiederholt davon ab und sagte überzeugend: „Es ist auf keinen Fall nötig, nach dem Straßennamen zu suchen. Es reicht der Name auf dem Verkehrsschild."

Mani war damit nicht einverstanden, doch der Freund war in Eile und drängte Mani, jetzt endlich mit ihm zum Einkaufen zu gehen. Gemeinsam gingen sie in mehrere Kaufhäuser, um dort einkaufen. Es wurde verschiedene Sachen eingekauft.

Nach einigen Stunden kamen sie zurück und machten sich auf den Weg zum Auto. Doch leider konnten sie es nirgendwo finden. Einige Stunden lang suchten alle verzweifelt nach dem verschwundenen Wagen. Dabei zeigten sie den Namen auf dem Notizzettel verschiedenen Personen, doch die Angesprochenen wussten entweder nichts oder nannten irgendeine Adresse. Das Auto war unauffindbar.

Enttäuscht fuhren sie schließlich zurück ins Hotel. Inzwischen gingen sind von einem Autodiebstahl aus, denn im Wagen befanden sich, wie sie wussten, verschiedene wertvolle Gegenstände: Fernseher, Musikanlagen, Staubsauger, Rasierapparate, Schmuck und Ersatzteile. Alle waren sehr betrübt, und so wurde schließlich entschieden, mit einem Dolmetscher zur Polizei gehen und den Diebstahl dort anzeigen.

Am nächsten Tag gingen alle gemeinsam zu dem Restaurant, wo der Treffpunkt der iranischen Geschäftsleute in München war. Dort engagierten sie einen iranischen Dolmetscher für die Anzeige bei der Polizei und gingen mit ihm auf die Wache, um den Diebstahl anzuzeigen.

Die Beamten empfahlen ihnen, das Auto zunächst noch gründlicher selbst zu suchen. Erst, wenn es nachweislich nicht mehr auf seinem Parkplatz stünde, könne Anzeige wegen Diebstahls erstattet werden.

Nach drei bis vier Stunden fanden sie endlich das Auto auf einem Parkplatz mit allen Gegenständen. Nichts war gestohlen. Alle waren sehr froh und erleichtert. Folgender Fehler wurde festgestellt: Der Autobesitzer hatte auf seinem Notizzettel statt des Straßennamen einfach nur das Schild *Einbahnstraße* aufgeschrieben. Doch in der Umgebung gab es natürlich zahlreiche Einbahnstraßen, deshalb hatte kein Mensch die Straße finden können!

Nach einer Woche Aufenthalt in München reisten die beiden Kaufleute zurück in den Iran. Mani war wieder allein. Er ging in das Restaurant, wo der Treffpunkt der Iraner war. Dort lernte er wieder zwei junge Männer kennen. Sie wollten auch studieren. Gemeinsam besichtigten sie die Universität.

Durch Hilfe einiger iranischer Studenten bekamen sie Aufnahmeformulare vom Immatrikulationsamt. Nach dem Universitätsgesetz mussten ausländische Studienbewerber vor Beginn ihres Studiums an der Universität das Studienkolleg besuchen. Vor seinem Beginn mussten die Studienanwärter durch eine deutsche Nacherzählung eine entsprechende Aufnahmeprüfung bestehen. Nach der Aufnahmeprüfung musste zwei Semester (d. h. zweimal sechs Monate) das Studienkolleg besucht werden, und anschließend mussten die Studienbewerber eine Abschlussprüfung bestehen. Es handelte sich also um eine komplizierte Lehrzeit mit einer gewaltigen Aufgabe. Mani war von seinem Können und seinem Ehrgeiz überzeugt. Entschlossen entschied er sich, das Studium bis zum Ende durchzuführen.

In München hatte er zunächst keine feste Adresse. Durch Empfehlung seiner Freunde gab er seine Postadresse in München beim Hauptpostlager an. Täglich konnte er seine Briefe vom Hauptpostamt abholen. Er wollte über seine Initiative mit seinem Vater im Iran sprechen und schrieb einen Brief an ihn. Darin teilte er ihm seine Pläne mit und fragte ihn um seine Meinung.

Nach zehn Tage kam die Antwort. Der Vater war mit Manis Entscheidung einverstanden und schlug ihm eine gute Empfehlung vor: Ein netter Vetter seiner Mutter hieß Hossein. Er studierte Maschinenbau an der Universität in Clausthal-Zellerfeld. Mani sollte sich mit Hossein in Verbindung setzen. Er sei sehr zuverlässig und würde ihm eine große Hilfe sein.

Mani kannte Hosein gut und vertraute ihm uneingeschränkt. Daher setzte er sich mit ihm in Verbindung. Hossein lud Mani nach Clausthal-Zellerfeld ein. Dort wollte er für ihn eine Zulassung für die Universität beantragen. Außerdem sollte er das alltägliche Leben der Studenten kennenlernen. Von diesem Angebot war Mani begeistert.

Nach etwa sechs Wochen Aufenthalt in München reiste Mani nach Clausthal-Zellerfeld. Er wandte sich an eine Mitfahrerzentrale in München und bekam einen Termin für den kommenden Freitag gegen 09:00 Uhr. Er packte seinen Koffer, verabschiedete sich von seinen Freunden und fuhr schließlich am Freitag gegen neun mit einem Pkw von München nach Northeim los. Dort kam er gegen 18:00 Uhr an. Von Northeim fuhr er mit einem Linienbus nach Clausthal-Zellerfeld. Gegen 21:00 Uhr kam er im Harz an.

## Kapitel 18: Clausthal-Zellerfeld

Das Wetter im Harz war kalt. Zuerst besorgte Mani sich ein Zimmer in einem Hotel und brachte seinen Koffer dorthin. Nachdem er ihn ausgepackt hat, fuhr er mit einem Taxi zu Hossein.

Hossein war zu Hause. Er begrüßte Mani vor seiner Wohnung. Er wohnte mit seinem Freund Mori zusammen bei einer Familie. Mani und Hossein freuten sich unbändig; sie begrüßten sich herzlich und umarmten einander. Gemeinsam sprachen sie dann lange, bis etwa elf Uhr nachts, über die Familie. Danach schmiedeten sie Zukunftspläne für Mani. Anschließend brachte Hossein Mani mit dem Auto von Mori, seinem Mitbewohner, zurück in sein Hotel. Am Abend war das Wetter eiskalt und es schneite.

Am nächsten Tag mietete Hossein ein Zimmer für Mani, nicht weit entfernt von der Universität, und Mani zog von seinem Hotel dorthin. Am Abend dann fuhren Mani, Hossein, sein Freund Mori und seine Freundin zu einer Diskothek nach Goslar. Es war ein schöner Abend und sehr unterhaltsam.

Am Tag darauf beantragte Hossein für Mani eine Universitätszulassung im Fachbereich Mineralogie / Geologie.

Während seines Aufenthalts in Clausthal ging Mani täglich zum Essen in die Mensa. Am Eingang holten alle Studenten ihre Portemonnaies aus der Tasche und legten sie einfach auf einen Tisch vor dem Haupteingang. Später, nach dem Essen, holten sie sie wieder von der gleichen Stelle ab. Nie wurde eine Tasche verwechselt, verloren oder gestohlen. Mani wunderte sich über das große Vertrauen zwischen den Studenten.

Am Nachmittag des 16. Dezembers versuchte Mani sich bei Hossein vor seiner Wohnung im Skifahren. Das Wetter war eiskalt, der Boden mit Schnee bedeckt und vereist. Mani stammte aus einem warmen Land; er konnte die Kälte nicht gut vertragen. Kurz nach dem Üben ging es ihm sehr schlecht: Ihm wurde übel, sein Kopf wurde rasch schwindelig, und plötzlich kippte er um.

Sofort kam Hossein zu ihm. Er und sein Vermieter, Herr Dreyer, brachten Mani in das warme Wohnzimmer. Er bekam sofort heißen Tee mit Zwieback. Kurz danach hat Mani sich rasch erholt. Er wurde wieder gesund. Doch das kalte Wetter in Clausthal war ihm unangenehm, denn schließlich war er in einem Land mit warmem Klima aufgewachsen.

Am Abend begleitete Mani seinen Vetter zur Konföderation der iranischen Studenten gegen die iranische Regierung. Dort wurde zuerst ein Vorsitzender gewählt. Sie lobten die Ölpolitik Syriens und kritisierten die Politik des Irans. Auch Flugblätter wurden verteilt. Mani hatte kein Interesse an Politik. Daher verhielt er sich neutral und zog sich zurück. Er wollte sich nur auf sein Studium konzentrieren.

Am 17. Dezember abends veranstalteten die Studenten eine Weihnachtsfeier in einem Saal der Universität. Zum ersten Mal in seinem Leben nahm Mani an einer Weihnachtsfeier teil. Alle Geschenke wurden in einem Sack gesammelt und bei der Bescherung von einen Weihnachtsmann verteilt.

Die Armbanduhr von Mani war sehr locker, und so fiel sie zusammen mit seinem mitgebrachten Geschenk in den Sack. Mani bemerkte ihren Verlust erst später und erklärte dem Weihnachtsmann mit Mühe, was geschehen war. Zum Glück wurde der Sack noch rechtzeitig geleert und die Uhr gefunden. Mani war sehr erleichtert und freute sich.

Später gab es zum Abendessen Reis mit Hähnchen. Für Mani war es wieder ein schönes Erlebnis in seinem Leben.

Clausthal war ein kleiner Ort. Fast alle Bewohner dort kannten sich. An der Universität studierten viele Iraner. Ein iranischer Student wohnte bei seiner Mutter in einer Wohnung. Die Mutter ist extra mit ihrem Sohn nach Clausthal gezogen, und sie haben zusammen gewohnt. Während des Studiums hat die Mutter ihn komplett versorgt.

Zu dieser Jahreszeit waren die Straßen, Wege und Dächer mit Schnee und Eis bedeckt. Ab und zu taute das Eis, dann knalle es als Eisblock auf den Bürgersteig. Mani erschrak sich jedes Mal darüber.

Das kalte Klima, der Wind und das stürmische Wetter haben Mani genervt. Nur für Skiläufer war der Schnee und das Eis ideal. Es gab keine großen Straßen oder Kaufhäuser. Die wenigen Sehenswürdigkeiten haben Mani nicht imponiert. Früher hatte er in einer großen Stadt gewohnt, mit vielen Menschen, Kinos, Theaters und Parks sowie vielen Autos und viel Verkehr. In Clausthal gab es nicht einmal ein Kino oder ein Theater. Abends waren die Straßen leer. Außer Eiseskälte gab es nichts. Mani fühlte sich wie in Sibirien.

Er entschloss sich, nicht in Clausthal zu studieren. Mit Hilfe seines Vetters beantragte er eine Zulassung bei der Technischen Universität in Hannover in dem Fach Mineralogie/Geologie. Vor der Universität musste er ein Jahr lang das Studienkolleg besuchen. Zu seinem Glück fand es ebenfalls in Hannover statt. Um intensiv Deutsch zu lernen, beantragte Mani einen Intensivkurs beim Goetheinstitut und wartete auf die Zusage. Der Kurs dauerte insgesamt acht Wochen und kostete mit Verpflegung 2.500,00 DM.

Am 19. Dezember bekam Mani einen Brief vom Goetheinstitut mit der Zusage. Gemäß des Schreibens sollte der Intensivkurs am 3. Januar im Goetheinstitut in Arolsen beginnen. Mani bereitete sich für die Reise nach Arolsen vor. Er musste mit dem Zug von Clausthal über Northeim und Göttingen nach Kassel fahren und von Kassel direkt nach Arolsen.

Er verabschiedete sich zeitig von seinen Freunden und Bekannten und besorgte sich am Bahnhof eine Fahrkarte. Wieder packte er seinen Koffer. Schließlich fuhr er am 1. Januar nach Northeim. Im Gegensatz zu Clausthal war in Northeim schönes, angenehmes Wetter. Von dort aus ging es mit dem Zug über Göttingen nach Kassel. Überall herrschte ein herrliches Wetter. Von Kassel aus fuhr er direkt nach Arolsen.

## Kapitel 19: In Arolsen beim Goetheinstitut

In Arolsen übernachtete Mani in einem Hotel. Zuerst war das Wetter schön, doch am Abend schneite es über anderthalb Stunden. Am nächsten Tag stellte er sich beim Goetheinstitut vor. Er bekam ein Einzelzimmer in einem Hotel im dritten Stock unter dem Dach. Leider war das Bad defekt. Am nächsten Tag fand die Vorstellung der Schüler statt. Die Schulklasse bestand aus neunzehn Schülern.

Es gab nur fünf Schüler aus dem Iran. Der älteste Schüler war ein pensionierter Oberst der iranischen Luftwaffe. Er konnte perfekt Französisch und Englisch; nun wollte er zusätzlich Deutsch lernen. Der Unterricht fand täglich von acht bis zwölf Uhr statt. Danach gab es Mittagessen, und danach wieder Unterricht bis abends um sechs. Am Dienstags- und Donnerstagsnachmittag und am Sonntag war frei.

Der Unterricht begann mit einer großen Landkarte. Der erfahrene Lehrer deutete zuerst auf die Kontinente und stellte ihre deutschen Namen vor. Danach die Länder, anschließend die Hauptstädte und schließlich die geografische Lage. Es war sehr lehrreich und interessant.

Nach dem Unterricht schrieb Mani oft Briefe an seine Familie und Freunde. In seinem Hotel schaltete die Hotelbesitzerin abends im Winter trotz der Kälte die Heizung aus. Mani beschwerte sich, aber die Frau wollte nicht auf ihn hören. Einmal besuchte ihn der Oberst. Er empfahl ihm, sich beim Direktor des Goetheinstituts zu beschweren.

Mani ging zum Direktor und die Hotelbesitzerin wurde gewarnt. Leider hat auch das nicht geholfen.

Durch die Kälte bekam Mani Magenschmerzen. Die Frau nutzte ihn aus. Sie behauptete, dass sie wegen einer möglichen Gasexplosion die Heizung ausschalten müsse.

Der Streit ging weiter bis zum letzten Tag. Mani war sehr verärgert, denn er hatte extra für ein warmes Hotelzimmer bezahlt. Nun durfte er kein warmes Zimmer bekommen. Er war so traurig, dass er Heimweh und Depressionen bekam. Doch mit Blick auf sein Ziel musste er geduldig und tapfer bleiben. Er versuchte Ruhe zu bewahren und die Probleme auszuhalten. Nach der Beendigung seiner Ausbildung in Arolsen im Goetheinstitut ging Mani nach Hannover.

## Kapitel 20: Hannover

In Hannover wohnte Mani zuerst zwei Tage in einem Hotel. Inzwischen traf er in der Stadtmitte verschiedene Iraner. Die Landsleute empfahlen ihm, sich an die Informationsstelle des Ausländerclubs zu wenden. Dort bekäme jeder Ausländer verschiedene Wohnungsadressen.

Der Club hieß Carl-Duisberg-Gesellschaft. Dort bekam Mani, wie versprochen, verschiedene Wohnungsadressen. Es gab eine Adresse im Kolpinghaus in der Escherstraße 12. Mani konnte keine leere Wohnung mieten, denn dafür brauchte er Möbel. Aber das Kolpinghaus war fertig eingerichtet. Er konnte sofort einziehen.

Deshalb entschied Mani sich, zuerst in das Kolpinghaus zu ziehen. Nur: Er konnte dort nicht kochen, denn es gab keine Küche. Doch das Kolpinghaus befand sich in der Nähe der Mensa, und dort konnte er jederzeit essen und trinken.

Wenn Mani Besuch hatte, musste er den Gast im sogenannten Besuchssalon empfangen. Das gefiel ihm nicht, denn er war es nicht gewohnt, seinen Besuch nicht zu sich in seinen Wohnraum zu nehmen.

Um seine Deutschkenntnisse zu vertiefen, suchte er sich eine deutsche Schule aus. Sie lag im Zentrum von Hannover und hieß Berlitz-Schule. Zwischendurch aktivierte er sich für seinen Aufenthalt in Deutschland. Zuerst musste er eine ärztliche Untersuchung durchführen lassen. Sie verlief positiv. Danach meldete er sich bei der Ausländerbehörde an. Dort stellte er einen Antrag für den Aufenthalt. Der

Aufenthalt sollte für den Zweck seines Studiums verwendet werden. Er musste jährlich genehmigt und verlängert werden.

Zwischendurch lernte Mani in einem Restaurant eine nette Frau kennen. Sie hieß Rosi und machte einen guten Eindruck. Außerdem war sie für ihn eine große Hilfe beim Deutschlernen. Die beiden mussten sich außerhalb seiner Wohnung treffen. Mani schämte sich, dass er sie nicht zu sich einladen durfte. Es gab in der Stadtmitte einen Treffpunkt für junge Menschen, dort sahen sie sich oft. Manchmal waren sie auch im Universitätsrestaurant.

Mani war immer elegant und modern gekleidet. Er trug einen Anzug mit weißem Hemd und Krawatte. Er sah sehr gut aus. Oft wurde er von Frauen angesprochen. Mani konnte sie aber nicht zu sich einladen, weil in seiner Wohnung kein Besuch erlaubt war. Darum mietete er als Untermieter schließlich ein möbliertes, großes Zimmer. Die Wohnung gehörte einer jungen Familie in der Lilienstraße 16. Es war nicht weit von der Universität.

Dort gab es allerdings auch Einschränkungen: Die Toiletten lagen im Flur, die Besuchszeit war bis 22:00 Uhr, und es gab kein Bad und kein Heißwasser. Die Wohnung wurde mit Kohle geheizt. Nur das Zimmer wurde durch die Hausbesitzerin täglich gereinigt. Die Bettwäsche wurde wöchentlich gewechselt.

Einmal lud Mani einige Freunde zu sich ein. Ein Freund von ihm trug einen Bart. Die junge Hausbesitzerin war dagegen. Sie meinte, ihre kleine Tochter bekäme Angst von einem Mann mit Bart. Der Freund sollte nicht mehr zu ihr in die Wohnung kommen; wenn er wiederkäme, müsse er rasiert sein. Mani hat es akzeptiert, aber es hat ihm nicht gefallen.

Einige Tage danach kam ein junges Mädchen kurz in seine Wohnung. Die Hauswirtin und ihr Mann meinten daraufhin, Mani müsse jeden Besuch bei ihnen zuerst anmelden und vorstellen.

Mani wusste, dass das, was die Hausbesitzer forderten, in Deutschland nicht zulässig war. Deshalb fühlte er sich mit solchen Vorschriften nicht wohl. Er beabsichtigte bei nächster Gelegenheit aus der Wohnung auszuziehen. Er hatte einen griechischen Freund, Dimitri. Er wohnte im Kötnerholzweg 3. Dort wurde demnächst eine Wohnung frei. Mani hat sich sofort für die Wohnung interessiert und sie kurz darauf gemietet. Er zog von seiner Wohnung in der Lilienstraße in seine neue Wohnung im Kötnerholzweg.

In Hannover gab es viele Iraner. Mani war nett, freundlich und hilfsbereit. Alle Freunde haben ihn gern besucht, weil er bei ihnen beliebt war. Oft sind sie miteinander spazieren gegangen oder zum Picknick gefahren. Sie haben gemeinsam eingekauft und gefeiert.

In Hannover gab es viele Diskotheken und Restaurants. Manchmal fuhr Mani mit den Freunden am Wochenende in eine Diskothek. Mani interessierte sich dort am meisten für Musik und Tanzen – nicht so sehr, wie seine Freunde, für Frauen. Er mochte gern eine intelligente Frau mit gutem, gepflegtem Aussehen und Manieren und Charme. Doch betrunkene oder unhöfliche Frauen lehnte er ab. Er hatte zwar viele Kontakte mit Frauen, aber die meisten gefielen ihm nicht.

Oft gab es Frauen aus der Umgebung von Hannover. Einige von ihnen haben versucht, Mani kennenzulernen. Manchmal haben sie seine Adresse notiert, um sich mit ihm zu treffen. Er bekam manchmal Liebesbriefe an seine Adresse. Beim Abschied haben einige Mädchen ihn umarmt und sogar geweint. Mani freute sich über seine Beliebtheit.

Einmal wollte eine junge Frau ihren Freund eifersüchtig machen. Sie bat Mani, mit ihr in ein Restaurant zu gehen, wo ihr Freund war. Im Restaurant sollte Mani sich neben sie an einen Tisch setzen. Sie haben sich nur unterhalten und getrunken.

Mani hat ihr diesen Gefallen ungern getan, doch kurz danach kehrte ihr eifersüchtiger Freund tatsächlich zurück zu ihr.

Verschiedene Male haben verheiratete Frauen versucht, Mani kennenzulernen. Er hatte absolut kein Interesse daran, denn er wollte nie eine Beziehung in Gefahr bringen. Ein anderes Mal wurde er in einem Restaurant von einem Theaterregisseur für eine Rolle angesprochen. Mani antwortete: „Da ich studieren möchte, kann ich leider nur eine kleine Rolle übernehmen."

Der Regisseur lud ihm zum Theater am Aegi ein, und nach einer kurzen Probe wurde er engagiert. Ihm wurde eine Nebenrolle in Shakespeares *Romeo und Julia* angeboten. In dieser Rolle musste Mani auch fechten, und daher absolvierte er einen Fechtkurs. Es lief alles reibungslos. Jede Woche musste er genau sechs Stunden üben. Nach einigen Monaten waren die Proben beendet, und nun begannen die Vorstellungen. Sie dauerten mehrere Monate.

Kurz danach, Mitte Oktober, begann die Aufnahmeprüfung für das Studienkolleg, und Mani nahm an ihr teil. Sie beinhaltete vor allem eine Nacherzählung in deutscher Sprache: Der Prüfer las zuerst eine Geschichte in Deutsch vor. Darin ging es um Folgendes: Ein geiziger Bauer liegt auf dem Sterbebett. Er ruft seine Frau zu sich und sagt ihr: „Ich war in meinem Leben sehr sparsam und geizig. Ich will, dass du nach meinem Tod meine Kuh verkaufst. Doch das Geld von ihrem Verkauf sollst du armen Menschen spenden!"

Nach seinem Tod ist es für seine Frau sehr schwer, die Kuh zu verkaufen und das gesamte Geld zu spenden. Sie muss eine Lösung finden. Sie besorgt sich zuerst ein Huhn. Dann bindet sie das Huhn und die Kuh mit einer Leine zusammen, und danach geht sie zum Markt. Auf dem Markt bietet sie die Kuh und das Huhn zusammen für 505,00 DM zum Verkauf an. Die Kuh soll 5,00 DM kosten und das Huhn 500,00 DM. Beide aber sollen nur zusammen verkauft werden. Nach dem Verkauf der beiden Tiere muss sie nur den Verkaufspreis der Kuh von DM 5,00 spenden.

Nach Beendigung der Nacherzählung mussten die Studenten den Text auf Deutsch aufschreiben. An der Aufnahmeprüfung nahmen 50 Personen teil, davon 44 aus dem Iran. Mani und 34 weitere Personen bestanden die Prüfung. Sie wurden in zwei Klassen eingeteilt. 85 Prozent der Teilnehmer waren Iraner, der Rest kam aus der Türkei und aus den arabischen Ländern.

Nach der Aufnahmeprüfung begann das Studium im Studienkolleg. Während des Studiums musste Mani abends an der Vorstellung des Theaters teilnehmen, denn das Stück lief noch einige Monate. Er bekam fünfzig Prozent Rabatt auf die Eintrittskarten und besorgte für viele Freunde und Bekannte ermäßigte Karten. Die Arbeit im Theater machte ihm viel Spaß, doch er wollte seines Studiums wegen nicht mehr dort arbeiten. Daher sagte er dem Regisseur mit tiefem Bedauern ab.

In Hannovers Stadtmitte gab es eine Milchbar. Verschiedene Reisende, insbesondere junge Frauen, nutzten sie als Stammplatz. Fast alle waren Besucher aus der Umgebung der Stadt. In der Milchbar war immer viel los. Mani traf sich auch ab und zu mit Freunden hier.

Einmal saß er an einem Tisch neben einer jungen Frau. Sie fragte ihn, aus welchem Land er komme. Gemäß seiner Erfahrung antwortete Mani nicht „Teheran", sondern dass er aus Iran-Teheran komme. Das Mädchen sagte sofort: „Ich weiß genau, wo Teheran liegt: Teheran liegt in Griechenland!"

Ein anderes Mal vermutete ein Mädchen, er käme aus Italien. Sie fragte ihn Wörter auf Italienisch. Mani konnte aber kein Italienisch. Er wollte das Mädchen jedoch nicht enttäuschen und übersetzte jedes italienische Wort auf Iranisch. Dabei erklärte er diplomatisch: „In meinem Land und in meiner Sprache bedeutet dieses Wort Folgendes ..."

Das Mädchen hat die iranischen Wörter als italienische akzeptiert.

Manchmal bekam Mani Briefe von Frauen mit Einladungen in ihre Stadt. Obwohl er sie nicht kannte, war er stolz über seine Beliebtheit. Im Winter war es in der Milchbar warm und gemütlich. Dort haben sich viele gerne getroffen und aufgehalten.

**Kapitel 21: Frauenrechte im Iran**

Einmal lernte Mani in der Milchbar ein nettes, gutaussehendes Mädchen kennen. Sie hieß Carin, war achtzehn Jahre alt und machte gerade eine Lehre als Kauffrau in Hannover. Sie war gutgläubig und stellte Mani oft merkwürdige Fragen. Angeblich hatte sie von ihrer Chefin gehört, im Iran gehöre jede Frau der ganzen Familie und deren Freunden. Jede Familie und jeder enge Freund dürfe sie zu seinem eigenen Vergnügen ausnutzen. Angeblich sollte sie sich ihnen als Sexobjekt zur Verfügung stellen. Carin hatte immer die Befürchtung, durch Mani als Sexobjekt für Sexdienste angeboten zu werden.

Mani war über diese peinlichen Äußerungen entsetzt und bestürzt. Solche Bemerkungen waren für ihn eine Diskriminierung seiner Landsleute. Daher erklärte er Carin, ähnliche Märchen würden auch im Iran über die Deutschen erzählt, doch er hätte nie geglaubt, so etwas hier zu hören oder akzeptiert zu finden. Außerdem fügte er hinzu, die iranische Kultur mit der Demokratie sei in der Welt über 2.500 Jahre alt. Er berichtete ihr von den neuesten Forschungen über das Iranische Reich: über Kyros, den Großen, über die Hakhamaniten-Dynastie, über die Sassaniden-Dynastie und Persepolis und Pasargarde. In diesem Zusammenhang besorgte er für sie im Internet ein Zitat – die erste Charta der Menschenrechte, die von dem persischen Reichsgründer Kyros II. in Babylon schon 539 v. Chr. aufgesetzt wurde und die ein Vorläufer der Charta der Vereinten Nationen von 1971 ist: „Nun, dass ich mit dem Segen von Ahura Mazda (Gott) die Königskrone von Iran,

Babylon und den Ländern aus allen vier Himmelsrichtungen aufgesetzt habe, verkünde ich, dass solange ich am Leben bin, und Mazda mir die Macht gewährt, ich die Religion, Bräuche und Kultur der Länder, von denen ich der König bin, ehre und achte und nicht zulasse, dass meine Staatsführer und Menschen unter meiner Macht die Religion, Bräuche und Kultur meines Königreiches oder anderer Staaten verachten oder beleidigen.

Ich setze heute die Krone auf und schwöre bei Mazda, dass ich niemals meine Führung einem Land aufzwingen werde. Jedes Land ist frei zu entscheiden, ob es meine Führung möchte oder nicht, und wenn nicht, versichere ich, dass ich niemals dies mit Krieg aufzwingen werde.

Solange ich der König von Iran, Babylon und den Ländern aus allen vier Himmelsrichtungen bin, werde ich nicht zulassen, dass jemand einem anderen unrecht tut, und wenn jemandem Unrecht geschieht, dann werde ich ihm sein Recht zurückgeben und den Ungerechten bestrafen.

Solange ich der König bin, werde ich nicht zulassen, dass sich jemand ohne einen Gegenwert oder ohne Zufriedenheit oder Zustimmung des Besitzers sich sein Eigentum aneignet. Solange ich am Leben bin, werde ich nicht zulassen, dass jemand einen Menschen zu einer Arbeit zwingt oder die Arbeit nicht gerecht vergütet. Ich verkünde heute, dass jeder Mensch frei ist, jede Religion auszuüben, die er möchte, und dort zu leben, wo er möchte, unter der Bedingung, dass er das Besitztum anderer nicht verletzt. Jeder hat das Recht, den Beruf auszuüben, den er möchte, und sein Geld so auszugeben, wie er möchte, unter der Bedingung, dass er dabei kein Unrecht begeht.

Ich verkünde, dass jeder Mensch verantwortlich für seine eigenen Taten ist und niemals seine Verwandten für seine Vergehen büßen müssen und niemand aus einer Sippe für das Vergehen eines Verwandten bestraft werden darf. Bis zu dem Tage, an dem ich mit dem Segen von Mazda herrsche, werde ich nicht zulassen, dass Männer und Frauen als Sklaven gehandelt werden, und ich verpflichte meine Staatsführer, den Handel von Männern und Frauen als Sklaven mit aller Macht zu verhindern. Sklaverei muss auf der ganzen Welt abgeschafft werden! Ich verlange von Mazda, dass er mir bei meinem Vorhaben und Aufgaben gegenüber den Völkern von Iran, Babylon und den Ländern aus vier Himmelsrichtungen zum Erfolg verhilft."[2]

Mani wollte Carin beweisen, dass Frauen im Iran respektvoll behandelt werden. Leider ließ sie sich davon nicht überzeugen und tauchte jedes Mal mit einer neuen Meinung auf. Unter diesen Umständen wurde ihre Freundschaft getrübt und zerbrach schließlich.

Mani hatte einen griechischen Freund in der Nachbarschaft. Er hieß Dimitri und war nett und hilfsbereit. Eines Abends erschien Demitri mit zwei jungen Frauen vor Manis Wohnung. Er sagte ihm, er habe für sich und seine Freundin nur ein Bett zur Verfügung – für ihre Freundin sei kein Platz da. Daher bat er Mani, sie nach seinen Möglichkeiten bei sich übernachten lassen.

Die junge Frau hieß Tamara und wollte demnächst von Hannover nach Hamburg weiterreisen.

Mani sagte Dimitri, Tamara könne bei ihm nur bis zum nächsten Morgen übernachten, und er stimmte der Übernachtung unter einer

---

[2] Zitiert nach Naziri, Barbara und Reuter, Peter: *Herbstgeflüster. Gedichte zwischen Okzident und Orient.* Norderstedt: TWENTYSIX Verlag, 2015.

Bedingung zu: Da er keine zweite Matratze und Bettbezug hatte, erlaubte er Tamara in seinem Bett versetzt zu ihm zu schlafen.

Wie vereinbart, musste Tamara am nächsten Tag die Wohnung wieder verlassen. Sie wollte gerne bleiben, aber Mani lehnte es ab. Dimitri suchte für Tamara dann eine andere Wohnung bei einem anderen Nachbarn. Später wurde festgestellt, dass Tamara dreihundert Mark für ihre Reise von Hannover nach Hamburg von dem Nachbarn gestohlen hatte. Sie wurde unverzüglich bei der Polizei angezeigt. Unmittelbar danach nahm die Polizei Tamara mit ihrer Freundin auf dem Hauptbahnhof von Hannover fest. In diesem Fall hatte Mani großes Glück gehabt.

Einige Tage später lernte Mani in der Milchbar ein junges Mädchen kennen: Katy. Sie war sehr nett und lieb. Sie machte eine gastronomische Ausbildung in Hannover. Katy wollte Mani heiraten, deshalb lud sie ihn oft in ihr Elternhaus ein. Auch die Eltern baten Mani schließlich, Katy zu heiraten. Mani antwortete ihnen, er werde erst nach Beendigung seines Studiums heiraten. Vorher musste er sich unbedingt auf sein Studium konzentrieren.

Danach trennte er sich langsam von Katy, denn sein Studium war in seinem Leben sein wichtigstes Ziel. Außerdem hatte er gar nicht die Absicht, länger in Deutschland zu bleiben.

Kurz vor den Semesterferien im Studienkolleg nahm Mani mit seiner Klasse an einem Tagesausflug nach Clausthal-Zellerfeld teil. Die ganze Reise mit Verpflegung kostete nur 5,00 DM. Während der Mittagszeit an der Universität traf Mani seinen Vetter und einige Freunde von früher in der Mensa beim Essen. Sein Vetter begrüßte ihn mit großer Freude. Nach dem Essen besichtigte Mani einen alten Bergbau aus dem Jahre 1730. Anschließend fuhren alle wieder nach Hannover zurück.

Mani hatte durch CDG-Club einen netten Freund kennengelernt. Er hieß Hasan und war motorisiert. Er half Mani oft beim Transport seiner Wohnungseinrichtungen und lud ihn zu sich ein. Hasan war mit einer Frau verlobt, Helga. Sie war eine nette, elegante Person.

Helga hatte eine bildhübsche junge Freundin. Sie hieß Elke, war neunzehn und nett. Elke war sehr schlank, blond mit kurzen hübschen Haaren. Elke und Mani trafen sich oft bei Hasan, und beide fanden sich sehr sympathisch. Nach kurzer Zeit befreundeten sie sich enger.

Hasan war ein paar Jahre älter als Mani und arbeitete als Heizungsinstallateur. Er schätzte Mani sehr, doch er traute Elke nicht hundertprozentig. Daher mochte er es nicht, dass Mani und Elke sich enger befreundeten. Mani war von Elke begeistert. Einmal wollte Elke mit ihrer Schwester zu Mani. Hasan empfahl Mani, die Verabredung nicht einzuhalten, in der eigenen Wohnung zu bleiben und die Wohnungstür nicht für Elke und ihre Schwester zu öffnen.

Mani ist diesem Rat nur ungern gefolgt, und dadurch wurde der Freundschaft für einige Zeit geschadet und sie sogar unterbrochen. Später ging Mani zu Helga, um durch sie eine Verabredung mit Elke zu planen. Helga machte ihm eine sehr traurige Mitteilung: Elke war inzwischen durch einen Unfall mit der Straßenbahn schwer verletzt worden und kurz darauf gestorben. Es war eine herzreißende Mitteilung für Mani. Doch nach langer Überlegung kam er zu dem Ergebnis, dass das Leben trotzdem weitergehen müsse.

Nach zwei Semestern absolvierte er die Abschlussprüfung beim niedersächsischen Studienkolleg in Hannover. Anschließend begann er sein Studium an der Technischen Universität Hannover im Fachbereich Mineralogie / Geologie.

## Kapitel 22: Casanova

Im ersten Semester lernte Mani bei einer Studentenfeier eine nette, freundliche Psychologiestudentin kennen. Sie war neunzehn Jahre alt und hieß Angelika.

Zuerst gewann Angelika mit ihrem magischen Blick seine Aufmerksamkeit. Die ganze Zeit hielt sie sich in seiner Nähe. Anschließend lernten sie sich voller Begeisterung kennen.

Angelika hatte einen VW. Sie fuhr oft mit Mani durch Hannover und Umgebung. Die beiden waren sehr glücklich miteinander. Mani stellte Angelika bei seinen Freunden vor, und bald waren die beiden überall als glückliches Paar bekannt.

Ein Freund von Mani hieß Vahid. Er wohnte nicht weit von Angelika entfernt. Jeden Tag ging er in der Nähe ihres Auto vorbei. Angelika war jeden Samstag für Mani nicht zu erreichen, denn sie hatte, so erzählte sie, eine alte, hilfsbedürftige Mutter in Goslar. Daher fuhr sie regelmäßig jeden Samstag nach Goslar zu ihr.

Angeblich kaufte sie dort aus menschlichen Aspekten für ihre Mutter ein, wusch die Wäsche, spülte das Geschirr ab und räumte ihre Wohnung auf. Angelika war sehr stolz, ihrer alten Mutter zu helfen, und für ihre edle Hilfeleistung wurde sie von Mani und seinen Freunden verehrt.

Eines Tages kam Vahid zu Mani und fragte ihn, ob er sicher sei, dass Angelika nicht in Hannover, sondern in Goslar sei. Mani war sehr erstaunt.

„Erzähle mir keinen Unsinn! Angelika ist hundertprozentig bei ihrer Mutter im Goslar! Sie muss doch ihrer alten Mutter jeden Samstag Hilfe leisten!"

Eine Woche später, am Samstag, kam Vahid wieder zu Mani. Er sagte ihm, das Auto von Angelika stehe wieder vor ihrer Wohnungstür und ihr Zimmerlicht brenne die ganze Zeit. Mani wollte sich nun unbedingt davon überzeugen, daher fuhr er zu Angelikas Wohnung. Ihr Auto stand, wie Vahid gesagt hatte, direkt vor ihrer Tür.

Die Haustür war noch geöffnet und Mani ging hinein. Angelika wohnte im dritten Stock in einem Zimmer. Mani ging vor ihre Zimmertür. Vor der Tür hörte er Musik mit einer Gitarre. Das Türschloss hatte einen Schlitz. Mani schaute durch das Türschloss und traute seine Augen nicht: Angelika saß nackt auf dem Schoss eines nackten Mannes! Er spielte Musik mit einer Gitarre.

Manis Herz schlug plötzlich wie eine Lokomotive. Ihm brach der Schweiß aus, als stünde er unter einer Dusche.

Doch Mani reagierte in solchen Fälle nie sofort. Zuerst überlegte er lange, bis er sich unter Kontrolle hatte. Er war sehr überrascht und wütend. Beinahe wäre er in die Wohnung eingedrungen, um Angelika zur Rede zu stellen. Nach vernünftiger Überlegung entschied er sich jedoch, sich zurückzuhalten, und instinktiv entschied er sich dabei für eine bessere Zukunft. Er dachte, diese Frau hat keinen menschlichen Charakter. Sie ist ein schmutziger Charakter, und deshalb soll sie aus meinem Leben für immer verschwinden. Auf der anderen Seite war er froh, dass er den wahren Charakter seiner zukünftigen Partnerin rechtzeitig erkannt hatte.

Nach einer Weile wandte Mani sich ab und ging mit zitternden Händen und gebrochenem Herz die Treppe hinunter. Dabei musste er sich am Geländer festhalten, um nicht zu stürzen. Er konnte sich zwar beherrschen, aber er war fix und fertig.

Nach einem langen, nachdenklichen Spaziergang kehrte er zurück in seine Wohnung. Danach schlief er tief.

Am nächsten Tag ging Mani zu Uni und traf dort seinen Freund Vahid und Angelika. Sie umarmte ihn und begrüßte ihn herzlich. Mani fragte sie ironisch: „Kannst du bitte meinem Freund Vahid erzählen, wie du jeden Samstag zu deiner kranken Mutter von Hannover nach Goslar fährst, um ihr zu helfen?"

Angelika holte tief Luft und erklärte, als einzige Tochter sei sie verpflichtet, ihrer Mutter zu helfen. Dabei müsse sie zu ihrem tiefsten Bedauern ihren liebsten Freund Mani samstags immer verlassen.

Mani fragte sie, ob sie letzten Samstag auch bei ihrer Mutter gewesen sei. Sie antwortete: „Natürlich war ich bei ihr. Denn nichts ist mir wichtiger, als meiner Mutter zu helfen!"

Vahid sagte zu Mani auf Persisch: „Die Frau ist ganz schön gerissen! Wir müssen ihr einen Denkzettel verpassen. Aber du musst dir zuerst eine neue Freundin suchen. Danach werden wir sie überraschen."

Es dauerte nicht lange, bis Mani ein Mädchen kennenlernte. Sie hieß Carmen und war zwanzig Jahre alt.

Vahid sagte zu Mani: „Du lädst Carmen zu dir in die Wohnung ein. Während deines Besuches verabredest du dich im Voraus mit Angelika. Wenn Angelika zu dir kommt, muss du die Frau so fest wie möglich wie ein Geliebter umarmen!"

Mani wollte zuerst nicht, doch Vahid überredete ihn solange, bis er den Plan akzeptierte. Mani lud also Carmen um 19:00 Uhr zu sich ein. Gleichzeitig lud er Angelika für 20:00 Uhr zu sich ein.

Pünktlich zum verabredeten Zeitpunkt kam Carmen zu ihm. Mani zündete ein paar Kerzen an, und im Kerzenlicht tanzten beide eng miteinander zu Musik. Bald haben sich umarmt und geküsst. Gegen 20:00 Uhr dann kam Angelika in die Wohnung. Sie hatte noch einen Schlüssel. Mani und Carmen waren mit Liebesspielen beschäftigt. Als er Angelika bemerkte, sagte er abfällig zu ihr: „Ich bin leider beschäftigt und habe keine Zeit mehr."

Angelika wurde rot und verließ sofort die Wohnung. Carmen fragte Mani, wer diese Frau gewesen sei. Mani erklärte ihr, es sei eine Exfreundin von ihm. Er habe die Beziehung schon längst beendet.

Am nächsten Tag traf Mani Vahid an der Uni und erzählte ihm, wie das Treffen mit Angelika und Carmen verlaufen war. Vahid war sehr froh, dass alles geklappt hatte. Danach suchten sie lange nach Angelika. Sie war in Anwesenheit einiger Freundinnen und Freunde. Als sie Mani sah, schrie sie ihn sofort an: „Du bist ein echter Casanova!"

Mehrmals beschimpfte sie ihn vor ihren Kommilitoninnen und Kommilitonen als Casanova und als einen herzlosen Freund. Dabei erzählte sie, wie sie ihn gestern zusammen mit einer fremden Frau in seiner Wohnung ertappt hatte.

Mani entgegnete ihr kühl: „Nicht ich, sondern du bist eine Verräterin! Du bist eine herzlose, kalte Frau. Denn du hast mir immer weißgemacht, du fährst am Wochenende zu deiner kranken Mutter nach Goslar. Du wolltest sie angeblich pflegen. In Wirklichkeit hast du dich mit deinem Geliebten in deiner Wohnung amüsiert!"

Angelika leugnete alles.

Nun erzählte Mani ihr von der Musik, der Gitarre und dem nackten Mann mit den langen Haaren. Sie fragte Mani entrüstet, wer ihm solchen Blödsinn erzählt hätte. Mani erklärte ihr, dass er alles selbst vor ihrer Wohnungstür beobachtet hatte.

Sie schrie Mani an: „Mit welchem Recht spionierst du mir eigentlich nach? So was gehört nicht zu einer ehrlichen Beziehung! Du weißt ja gar nicht, wie ich mich gefühlt habe, als ich dich mit einer fremden Frau in deiner Wohnung ertappt habe! Das werde ich dir nie vergessen und verzeihen! Du hast mich als Geliebte enttäuscht! Du bist ein Casanova!"

Danach hat Angelika jedes Mal, wenn sie Mani gesehen hat, laut geschrien: „Casanova, Casanova!"

Mani hat darüber nur gelacht. Er schaute ihr in die Augen und schüttelte den Kopf.

Der Bruch zwischen Mani und Angelika verbreitete sich schnell. Überall wurde darüber gesprochen. Sogar Carmen hörte davon. Daher sprach sie Mani an. Mani sagte ihr: „Unsere Freundschaft hat durch gegenseitiges Interesse begonnen. Mit Angelika war es nicht mehr auszuhalten."

Angelika wollte sich nicht von ihm trennen. Sie wollte nur mehrere Freunde haben, praktisch einen Harem von Männern. Dabei hatte sie sich viel Mühe gegeben, doch schließlich war sie auf frischer Tat ertappt worden. Bis zum letzten Moment war sie von ihrem grausamen

Plan überzeugt. Das war keine ehrliche Beziehung, sondern Sexsucht nach verschiedenen Männern.

Mani hat sich bei Carmen entschuldigt und sie hat ihm verziehen. Daraufhin offenbarte sie Mani: „Wir sind jetzt quitt, denn um ehrlich zu sein, habe ich auch einen Freund in Braunschweig. Wir sind sogar verlobt!"

Mani lachte und fragte sie: „Warum hast du dich dann mit mir angefreundet?"

„Du sahst sehr verführerisch, hübsch und elegant aus. Außerdem war ich lange von meinem Freund weg. Ich hatte keinen Mann. Daher konnte ich mich nicht mehr beherrschen. Wir müssen jetzt zufrieden sein, denn wir haben beide unsere Ziele erreicht." Sie fügte hinzu: „Ich habe aus Angelikas Bekanntenkreis übrigens gehört, dass sie eine kerngesunde Mutter hat – in Lübeck. Sie wohnt gar nicht in Goslar. Dort hat sie nur ein paar Bekannte und Verwandte. Vielleicht hat sie dort auch einen Geliebten?"

Carmen war Gasthörerin an der Technischen Universität Hannover. Nach Beendigung ihrer Vorlesung hat sie die Stadt verlassen und ist nach Braunschweig zu ihrem Freund gezogen. Mani war nun wieder allein, ohne Partnerin. Nur die Freunde ließen ihn nicht im Stich. In seiner freien Zeit wurde er öfter besucht. Sie haben gemeinsame die Initiative ergriffen, zusammen gelernt und gekocht. Es gab keine Langeweile.

Mani musste an der Universität einige Praktika in Physik und Chemie absolvieren. Zusätzlich musste er Prüfungen in Mathematik und anderen Fächer ableisten. Während seines Studiums war er kontinuierlich mit Verwandten wie dem Vater, Schwester Heide sowie den Tanten und Onkel brieflich und manchmal telefonisch in Kontakt.

Zwischendurch lernte Mani die achtzehnjährige Marlis kennen, doch er konnte ihr nicht ohne Weiteres vertrauen. Nach einigen Wochen ist Marlis von Hannover zurück in ihre Heimatstadt gezogen.

## Kapitel 23: Ein Selbstmordversuch

Einige Zeit später gab es wieder ein Studentenfest im Studentenwohnheim. Dabei lernte Mani eine liebe, harmlose Gymnasiastin kennen. Sie
hieß Biene, war siebzehn Jahre alt und sehr schüchtern, aber klug und
fleißig. Mani nahm sie zuerst nicht ganz ernst, aber Biene verknallte
sich total in Mani. Mani hatte in der Vergangenheit schlechte Erfahrung mit seiner ersten echten Liebe Angelika gemacht. Er war immer
noch über die Tragödie mit ihr schockiert; daher konnte er nicht jedem
Mädchen Vertrauen schenken.

Als Biene das erste Mal bei ihm zum Essen eingeladen war, hat
Mani Spiegeleier für sie gebraten. Er benutzte nur eine Pfanne und einen Esslöffel zum Wenden.

Biene hat beim nächsten Besuch Mani einen Löffel zum Wenden
der Spiegeleier in der Pfanne mitgebracht. Sie sagte schüchtern zu Mani: „Das war mein letztes Geld, aber ich habe es gern für dich ausgegeben."

Mani war über dieses überraschende Geschenk begeistert. Von diesem Moment an schloss er Biene in sein Herz. Der Preis des Löffels
war gewiss nicht hoch, aber schließlich hatte Biene ihr letztes Geld dafür ausgegeben. Die ursprünglich lockere Freundschaft mit ihr wurde
nach und nach tiefer und intensiver.

Nach einem Jahr wechselte Mani seinen Studienplatz von der
Technischen Universität Hannover zur Universität Hamburg. Die Ent-

fernung von Hannover nach Hamburg beträgt 180 Kilometer, und die Fahrt mit dem Zug dauert etwa zwei Stunden. Ein Freund von Mani hieß Medi. Er wollte ebenfalls in Hamburg Physik studieren. Beide kauften zusammen einen Opel Caravan mit einem Monat TÜV. Das Auto wurde mit Gepäck vollgepackt, und anschließend fuhren sie von Hannover nach Hamburg. Mit viel Glück mieteten die beiden Freunde in einem neugebauten Studentenwohnheim zwei Wohnplätze mit Telefonanschluss und Parkplatz. Das Wohnheim lag in dem Hamburger Stadtteil Bergedorf. Dort haben sie sogar in derselben Etage zusammen gewohnt.

In dem Wohnheim gab es ein separates Bad mit einer großen Gemeinschaftsküche sowie einen Fernseh- und einen Konferenzraum. Hinzukam eine große, moderne Sauna. Alles war perfekt und modern eingerichtet.

Biene fuhr jeden Monat zwei- bis dreimal von Hannover nach Hamburg, um Mani zu besuchen. Die Reise dauerte mehrere Stunden: Sie musste erst von ihrer Elternwohnung über eine Stunde nach Hannover fahren, danach zwei Stunden von Hannover nach Hamburg und anschließend noch über eine Stunde vom Hauptbahnhof nach Bergedorf. Nach weniger als einer Stunde musste sie die ganze Strecke wieder zurückfahren. Da Biene noch nicht volljährig war, musste sie spätestens um zehn zu Hause sein. Wegen ihres Studiums beantragte sie bei den Universitäten Hamburg und Berlin zwei Zulassungen. Es war nicht fest, wo sie einen Studienplatz bekommen würde. Unabhängig davon hat sie sich ständig um die Beziehung mit Mani gekümmert. Sie hat mit ihren zärtlichen Gefühlen und mit ihrer Klugheit sein Vertrauen gewonnen und ihn nie enttäuscht. Doch die langen Hin- und Herfahrten und die kurze Besuchszeit waren für Mani nicht ideal für eine feste Beziehung. Es war auch nicht sicher, dass sie eine Zulassung in Hamburg bekommen würde. Nicht zuletzt wusste auch nicht, was sie zwischenzeitlich in ihrer Stadt tat. Vielleicht würde sie sich zu einer zweiten Angelika entwickeln?

Bei einer privaten Feier lernte Mani kurz darauf eine neunzehnjährige Studentin kennen. Sie hieß Gisela und studierte Psychologie an der Hamburger Universität. Ihre Mutter betrieb eine Pension in dem Kurort Scharbeutz nahe Travemünde. Auch Gisela hat Mani göttlich geliebt. Zwischendurch bekam Biene eine Zulassung von der Universität Hamburg, und gleichzeitig fand sie einen Wohnplatz im Studentenwohnheim in Winterhude in der Willistraße.

Mani musste sich nun entweder für Biene oder für Gisela entscheiden. Nach langer Überlegung entschied er sich für Biene. Er wollte mit Gisela in Ruhe darüber sprechen und lud sie zu sich zum Essen ein. Als Gisela hörte, dass Mani sich von ihr wegen Biene trennen wollte, regte sie sich sehr auf. Sie holte sich ein Bier vom Automaten und schmiss die Bierflasche mit voller Wucht in Richtung von Manis Kopf. Gott sei Dank konnte er rechtzeitig ausweichen. Er hatte Verständnis für ihre Enttäuschung. Schließlich war ihr Herz durch seine Entscheidung gebrochen. Mit Tränen in den Auge hat sie von Mani Abschied genommen. Danach haben die beiden sich nie wieder gesehen.

Mani war einige Tage über sein Verhalten sehr traurig, er hatte Gisela gegenüber ein schlechtes Gewissen. Doch sein Herz schlug für Biene. Praktisch war Gisela für den Verrat seiner ersten Liebe Angelika geopfert worden.

Biene wusste nichts von der kurzen Affäre zwischen Mani und Gisela. Mani wollte sie nicht verletzen, denn es stand ursprünglich ja gar nicht fest, dass Biene nach Hamburg kommen würde. Nach einiger Zeit waren sie wieder sehr eng zusammen so wie in früherer Zeit.

Eines Tages war Biene bei Mani eingeladen. Mani sagte im Scherz zu ihr, er würde mit ihr Schluss machen, wenn sie ihr leckeres Essen nicht bis zum Schluss aufessen. In diesem Moment klingelte das Telefon in der Gemeinschaftsküche. Mani stand schnell auf und ging ran.

Danach kam er zurück zu Biene in sein Zimmer. Inzwischen hatte Biene fest daran geglaubt, dass Mani mit ihr Schluss machen wollte. Sie hatte sich mit einer Rasierklinge ihre Pulsader an der linken Hand aufgeschnitten. Weinend sagte sie zu Mani: „Wenn du mit mir Schluss machst, will ich nicht mehr weiterleben!"

Das Blut spritzte überall durch das Zimmer. Mani sagte zu ihr entsetzt: „Mein Liebling, ich werde dich nie verlassen! Das war nur ein Scherz von mir! Durch das Telefongespräch konnte ich meinen Satz nur nicht bis zum Ende sprechen. Wir gehören immer und ewig zusammen!"

Mit Hilfe von Sirus, einem Freund, der Flugzeugbau studierte, wurde der Arm von Biene provisorisch verbunden. Danach fuhren sie sofort gemeinsam in die Klinik in Bergedorf Boberg. Dort erklärten sie dem behandelnden Arzt, Biene sei gegen eine Glasscheibe gekommen. Der Arzt war nicht ganz überzeugt. Doch auf die dringende Bitte von Mani hin meldete er den verdächtigen Unfall nicht bei der Polizei.

Von diesem Moment an war Mani von der Echtheit der Liebe von Biene überzeugt. Daher hat er vorgehabt, sein ganzes Leben mit ihr zu verbringen.

Mani hatte damals ein starkes Magengeschwür. Manchmal war er bis zu drei Monate krank. Biene hat ihn immer gepflegt, bis er wieder gesund war. Oft verpasste Mani wegen seiner Krankheit wichtige Prüfungen, und während seiner Krankheit ging es ihm finanziell nicht besonders gut. Sein Vater musste gerade seiner frisch verheirateten Schwester unter die Arme greifen, und so wurde das monatliche Geld von Mani nun an Heide gezahlt. Mani gab dem Vater dazu im Voraus seine schriftliche Zustimmung.

Biene hat während des Studiums und in den Ferien oft gearbeitet. Dadurch konnte sie einige Kosten von Mani wie Miete und Versicherungen sowie Studiengebühren, Medikamente, Bücher, Kleidung, Essen etc. übernehmen. Biene war für Mani in seiner kritischen Situation die einzige Hilfe. Er hat Biene später alle ihre Auslagen komplett ausgeglichen und zurückgezahlt.

## Kapitel 24: Eine Trennung

Ein griechischer Student hieß Nikos. Mit Hilfe seiner Schwester Sara
überredete er Biene so lange, bis sie sich von Mani getrennt hat. Zwei
Tage nach ihrem Geburtstag am 7. Februar hat Biene sich von Mani
eiskalt getrennt. Mani war noch krank und hilfebedürftig. Auch finan-
ziell ging es ihm sehr schlecht. Zuerst kamen ihm einige Freunde zur
Hilfe, und inzwischen kam auch ein neues Medikament auf den
Markt: Spasmo-Nervogastrol®. Durch dieses Mittel konnte Mani seine
Gesundheit rasch zurückgewinnen.

Danach beantragte er bei der Universität ein Studiensemester Urlaub. Es wurde genehmigt. Mani fing an, in einer Firma als Vertreter
zu arbeiten. Er wollte unbedingt seine Schulden zurückzahlen. Er verdiente monatlich zwischen zweitausend und dreitausend Mark.
Dadurch war er in der Lage, seine Schulden zu tilgen, und zusätzlich
konnte er sogar einige Tausend DM sparen.

Inzwischen wurde Manis Schwester geschieden. Er kam ihr sofort
zur Hilfe, indem er ihr an sie 1.500,00 DM überwies. Gleichzeitig geriet
seine alleinstehende Mutter in finanzielle Not, und so hat er auch
2.500,00 DM an sie in den Iran überwiesen. In Pakistan gab es eine Katastrophe mit einer halben Million Toten. Auch dort hat Manie Geld
gespendet. Zusätzlich konnte er einige Tausend DM auf seinem Spar-
buch sparen.

Durch die neueste Forschung kamen neue Wundermedikamente
wie *Tagamet* und später *Omeprazol Pensa* auf den Markt. Mit ihnen

wurde sein Magengeschwür geheilt. Auf einmal ging es ihm gesundheitlich und finanziell wieder gut. Durch Empfehlung seines Freundes Herbert erwarb er einige IOS-Aktien. Dadurch verlor er viel Geld, doch zum Glück hatte er nur die Hälfte seiner Ersparnisse in diese Papiere investiert. Nebenbei handelte er mit Krügerrand-Goldmünzen; dadurch konnte er monatlich einen Gewinn zwischen 100 und 200 DM erzielen.

Mani hat zwischendurch Biene zwei- oder dreimal gesehen. Sie behauptete, mit Nikos nur in einer Freundschaft gelebt zu haben. Angeblich hatte sie nie mit ihm geschlafen. Diese Behauptung hat sie Mani gegenüber unter Eid bezeugt.

Mani sagte ihr: „Als ich schwerkrank im Bett lag, hast du mich verlassen. Du hast mich eiskalt im Stich gelassen. Jetzt brauche ich dich nicht mehr. Ich bin zurzeit kerngesund. Niemals könnte ich dir wieder wie früher vertrauen. Ich habe dich oft von meinem Krankenbett aus bis zur Ewigkeit geflucht. Ich wollte nie wieder mit dir zu tun haben. Erst hast du dir meinetwegen die Pulsader aufgeschnitten, und dann lässt du mich rücksichtslos im Stich. Danach gingst zu deinem neuen Geliebten. Und obwohl du mit ihm monatelang zusammengelebt hast, willst du jetzt wieder bei mir landen?"

Einige Jahre später, als Mani schon verheiratet war, meldete Biene sich telefonisch bei ihm in einer seiner Filialen. Sie wollte bei ihm vorbeikommen und sich bei ihm entschuldigen, denn das Schicksal hatte sie hart bestraft. Mani hatte inzwischen als Unternehmer neun florierende Geschäfte mit vielen Angestellten gegründet. Er erfuhr: Niko hatte Biene zwar geheiratet, sie aber eiskalt im Stich gelassen, als er eine neue Frau kennengelernt hat. Inzwischen waren sogar ihre Eierstöcke entfernt worden. Nach der Scheidung von Nikos war Biene sofort von Griechenland nach Deutschland zurückgeflohen. Sie hatte weder Wohnung noch Arbeit. Mani begriff, dass sie hart bestraft worden war. Sie sah fix und fertig aus.

Mani sagte zu ihr: „Du bist jetzt genau so hingefallen wie ich damals in meinem kranken Bett hingefallen bin."

Mani spürte, dass Biene sehr angeschlagen war, daher wollte er ihr finanziell Hilfe leisten. Er bot an, ihr ohne Gegenleistung 20.000,00 DM zur Verfügung zu stellen. Sie antwortete Mani, obwohl sie dringend Geld brauche, schäme sie sich, Geld von ihm zu nehmen.

Kurze Zeit danach hat sie sich von Mani verabschiedet. Biene war froh, dass Mani ihr verziehen hat. Sie hat Mani nie wieder besucht.

Nach seiner Genesung traf Mani sich mit seinen Freunden einmal am Wochenende im Studententanzcafé bei der Mensa. Dort lernte er eine vierundzwanzig Jahre junge Frau kennen. Sie hieß Jutta, arbeitete bei einer Versicherung und war eine starke Raucherin. Mani mochte das Rauchen nicht. Kurze Zeit danach lernte er durch Jutta bei einer Privatfeier die achtzehnjährige Elisabeth kennen.

Elisabeth war eine Verwandte von Jutta. Im Gegensatz zu ihr rauchte sie nicht. Mani war immer noch von seinen früheren Beziehungen traumatisiert. Die neuen Freundschaften bedeuteten ihm nicht so viel wie seinen früheren Lieben mit Angelika und Biene. Wichtig war für ihn nun, sein Studium ordentlich durchzuführen. Er hat während des Semesters mehrere Praktika und Prüfungen termingemäß absolviert.

## Kapitel 25: Verschiebung der Diplomvorprüfung und USA

Es gab Praktika, die entweder jährlich oder alle zwei Jahre stattfanden. Vor der Diplomvorprüfung musste Mani zwingend ein kleines Praktikum absolvieren. Wegen der geringen Zahl der Teilnehmer hat sich dieses kleine Praktikum ein weiteres Jahr verlängert. Das war ärgerlich. Mani war darüber nicht sehr begeistert. Trotzdem musste er gemäß der Prüfungsordnung das Praktikum ordentlich ableisten. Der zuständige Professor war sehr korrekt und streng. Wegen eines kleinen Praktikums mehrere Monate abzuwarten ist langweilig und peinlich.

Mani lernte inzwischen eine amerikanische Musikstudentin kennen. Sie hieß Dali, war zwanzig Jahre alt und sehr lieb und freundlich. Sie wohnte im gleichen Studentenhaus wie Mani. In diesem Studentenhaus gab es Übungszellen für Musikstudentinnen und -studenten. Alle waren schalldicht geschützt. Dort standen Instrumente wie Klavier etc. zur Verfügung. Jeder konnte ungestört Tag und Nacht in einer freien Musikzelle üben und spielen.

Im Studentenhaus wohnten vor allem Musikstudentinnen und Musikstudenten. Die Musikzellen standen separat hinter dem Haus im ersten Stock. Jeder Spieler durfte den Schlüssel für eine freie Musikzelle von der Zentrale aussuchen und mitnehmen.

Dali spielte oft Klavier in einer Musikzelle. Sie studierte an der Musikhochschule Klassische Musik. Dali spielte das Instrument, seit sie ein kleines Kind war. Sie beherrschte das Klavierspiel perfekt und war sehr begabt. Einige Male nahm sie auch an öffentlichen Konzerten teil, und jedes Mal waren die Zuhörer von ihr begeistert und lobten sie nach dem Konzert mit Beifall.

Im Studentenhaus hatte Mani einen Freund. Er hieß Fara und studierte Geige an der gleichen Musikhochschule wie Dalia. Fara lebt inzwischen in Brüssel. Er spielt dort als Geiger in einem bekannten symphonischen Orchester. Mani lernte Dali durch Fara kennen. Nach Beendigung der Musikhochschule kehrte Dali wieder in ihre Heimat, die USA, zurück und wurde Professorin an den Universitäten in Chicago und New York.

Später lud Dali Mani in die USA zu ihrer Familie in Ohio ein. Er flog in den Winterferien über Brüssel nach New York und wurde persönlich vom New York Airport abgeholt. Dann fuhren sie gemeinsam nach Ohio zu Dalis Familie. Dali wohnte zusammen mit ihren Eltern und Geschwistern. Ihr Vater war ein Emigrant aus Litauen, ihre Mutter war eine Deutsche. Dali sprach perfekt Deutsch und Litauisch und natürlich ihre Muttersprache Englisch. Die Familie von Dali lud Mani als Begrüßungsempfang zu einem Klavierkonzert von Rachmaninow in Ohio ein.

Später lud Dali Mani zu einer Reise mit eigenem Auto nach Kanada zu den Niagarafällen ein. Das Wetter war recht kalt und neblig, aber dennoch war die Reise nach Kanada für Mani ein wunderschönes Erlebnis. Er war begeistert und lernte einige amerikanische Studentinnen und Studenten kennen. Er war über einen Monat in den USA. Bei der Rückreise von Ohio fuhr Mani über New York. Dort besuchte er seinen Vetter mütterlicherseits, Mustaf, und seine Frau und übernachtete eine Nacht bei ihm.

Anschließend kehrte Mani von New York über Brüssel nach Hamburg zurück. Später, nach zwei Jahren, kam Dali kurz nach Hamburg und hat Mani dort besucht. Danach hat Mani Dali nicht mehr getroffen. Sie ist in den USA geblieben und arbeitete einige Jahre bei verschiedenen Universitäten als Professorin. Zurzeit wohnt sie mit ihrer Mutter und ihren neuen Freund in New York in einem Haus. Dali und Mani sind per Brief und Facebook noch immer in Kontakt. Mani ist in Hamburg geblieben. Er wollte am Fachbereich Meeresgeologie studieren, doch dieses Fach wurde nur an der Christian-Albrecht-Universität in Kiel angeboten. Er hat also weiter in Hamburg gewohnt, aber in Kiel studiert. Ab und zu wohnte er auch kurz in Kiel. Die Reise von Hamburg nach Kiel dauert mit dem Auto etwa eine Stunde. Hamburg war für Mani seine zweite Heimat geworden. Er liebte die Hansestadt inzwischen so wie Teheran. Wenn er von dort weg musste, bekam er Heimweh.

Als Dali zurück ihre Heimat USA geflogen ist, war Mani wieder allein. Wegen seines Studiums musste er in Deutschland bleiben. Er hat Dali vermisst. Er wusste nicht, ob sie je wieder nach Hamburg zurückkommen würde.

## Kapitel 26: Tanzende Angelika

Nach einigen Monaten fühlte Mani sich wieder einsam. Endlich schafften seine Freunde es, ihn wieder in das Studentencafé der Mensa an der Universität mitzunehmen. Mani trug modische Schuhe mit langen Absätzen und eine lange Hose. Er sah im Saal ein hübsches, modern gekleidetes Mädchen. Dort saß sie an einem runden Tisch, ein Glas Orangensaft in der Hand. Mit dem Glas in der Hand blickte sie öfter zu Mani. Dabei lächelte sie ihn an.

Kurz danach kam es zur Damenwahl. Das bedeutet, jede Frau kann sich einen Tanzpartner aussuchen und ihn zum Tanzen auffordern. Angelika forderte Mani auf. Sie war ein paar Zentimeter größer als Mani, doch bei der Damenwahl darf der Mann der Frau keinen Korb geben. Deshalb nahm Mani die Einladung durch das reizende Mädchen mit Freude an. Er tanzte öfter mit ihr, und die Musik dauerte jedes Mal länger.

Nach und nach kamen Angelika und Mani in ein Gespräch. Zuerst entschuldigte Mani sich bei ihr, dass er ein zu kleiner Tanzpartner für sie sei. Normalerweise ist es beim Tanzen üblich, dass der Mann größer ist als seine Partnerin. Angelika lächelte ihm einige Sekunden sanft ins Gesicht. Dann teilte sie ihm mit einer sanften, herzzerreißenden Stimme eine Erklärung mit, blickte ihn mit strahlenden Augen an und sagte: „Du bist auf keinen Fall klein. Im Gegensatz zu dir bin ich nur als außerordentlich großes Mädchen auf die Welt gekommen!"

Mani war über diese sympathische Antwort begeistert. Sie kam ihm sehr intelligent und diplomatisch vor. Obwohl Angelika größer als er war, war sie erst zwanzig Jahre alt. Sie absolvierte eine Ausbildung als Medizinisch-technische Assistentin. Sie war ein großes Mädchen mit einer hübsch geformten, sexy Figur. Auf Mani wirkte sie außerordentlich reizend und freundlich.

Nach dem Tanzen im Mensacafé haben sie sich lange gemütlich miteinander unterhalten. Beide fanden sich sehr sympathisch. Anschließend haben sie sich für das nächstes Wochenende verabredet. Angelika hat Mani zuerst in ihr Elternhaus in Großhansdorf eingeladen. Großhansdorf liegt in der Umgebung von Hamburg; der Ort gehört aber zu Schleswig-Holstein.

Vor dem Treffen mit Angelika besorgte Mani für sie einen Blumenstrauß. Danach fuhr er zu ihr. Er wurde durch die Eltern herzlich im Empfang genommen. Angelikas Vater war Architekt und hatte ein wunderschönes Haus. Die Mutter wirkte wie eine tüchtige, sympathische Hausfrau. Angelika wohnte im Elternhaus im ersten Stock in einem separaten Appartement. Bei der Vorstellung begrüßte Mani ihre Eltern höflich in seiner charmanten Art. Danach lud Angelika ihn in ihre Wohnung ein, und kurz darauf klopfte der Vater an die Tür, stellte eine Flasche kalten Whisky auf den Tisch und sagte zu Mani und seiner Tochter: „Viel Spaß beim Feiern!" Dann verabschiedete er sich und ging.

Mani trank keinen Whisky, nur alkoholfreie Getränke.

Angelika machte Musik an, und sie tanzte zusammen durchgehend die ganze Zeit hindurch. Mani musste öfter pausieren. Jedes Mal saß er erschöpft und übermüdet auf dem Sofa. Angelika aber tanzte ununterbrochen weiter und zog Mani immer wieder zu sich, um mit ihm zu tanzen. Mani wunderte sich über ihre Energie. Nach einigen Stunden verabschiedete er sich von Angelika und ihren Eltern und fuhr zurück nach Hamburg.

Danach traf er sich öfter mit Angelika öfter in Hamburg. Damals wohnte Mani im Studentenwohnheim Grandweg im Lokstedt. Beim Spazieren auf der Straße blieben oft ältere Paare im Vorbeigehen stehen und nahmen das ungleiche Liebespaar mit stechenden Blicken ins Visier. Dabei wurden die beiden mit Kopfschütteln und gehässigen Kommentaren attackiert. Angelika verhielt sich neutral, doch im Gegensatz zu ihr war Mani die Situation unangenehm. Er konnte nichts dagegen tun oder sich irgendwie zur Wehr setzen. Die peinlichen Begegnungen bedeuteten für ihn eine Demütigung seiner Autorität. Später wurden diese Angriffe zu einer echten seelischen Belastung. Auf die Dauer konnte Mani die abfälligen Blicke nicht verkraften. Angelika war sehr lieb und sympathisch. Mani hat angefangen sie zu lieben. Nur die ältere Generation war ein gewaltiges Hindernis bei dieser Partnerschaft, denn gegen ihre Vorurteile konnte Mani nichts tun. Oft wechselte er aus Scham nun die Wegrichtung. Die jüngeren Leute verhielten sich neutral. Der Größenunterschied zwischen Mani und seiner Freundin war ihnen egal.

Mani wollte Angelika nicht im Stich lassen. Er versuchte eine Lösung zu finden. Er ging wieder öfter mit Angelika in das Studentencafé, wo sie sich kennengelernt hatte.

Eines Tages kam ein junger, großer Student in das Tanzcafé. Gleichzeitig kam ein neu hinzukommendes hübsches Mädchen hinein. Mani konzentrierte sich auf das hübsche Mädchen. Angelika interessierte sich nur ungern für den großen Studenten, aber Mani sagte aufmunternd zu ihr: „Das ist ein passender Mann für dich. Und dieses andere Mädchen passt mehr zu meiner Größe." Lächelnd fügte er hinzu: „Ich fange ein neues Glück mit ihr an. Fang du auch mit dem neuen, passenden Partner an! Vielleicht lässt man uns in Zukunft dann in Ruhe? Ich kann die peinlichen Blicke auf der Straße einfach nicht mehr ertragen!"

Heute würde Mani sich nicht mehr so verhalten wie damals. Er würde nur darüber lachen.

Angelika hat Mani zuliebe die Beziehung beendet. Beide waren sehr traurig. Mani war froh, dass er Angelika nicht alleingelassen hat. Nach Dali verlor er nun ein weiteres liebes Mädchen. Beide haben parallel mit dem neuen Partner und der neuen Partnerin eine Beziehung angefangen. Es war hart, aber die beste Lösung.

Mani und Angelika haben sich ungern getrennt. In diesem Fall nimmt Mani die Schuld auf sich. Heute bereut er seine peinliche Entscheidung. Er ist viel ruhiger und geduldiger als früher. Praktisch hat er seine damalige Liebe verdrängt, um eine andere Partnerin kennenzulernen. Nach seinen heutigen Erfahrungen könnte er solche peinlichen Situationen viel leichter verkraften. Auch das Leben in Deutschland hat sich geändert; dadurch sind viele Menschen toleranter und anpassungsfähiger.

## Kapitel 27: Wilde, fröhliche Kristine

Mani forderte das neue Mädchen im Studentencafé zum Tanzen auf. Es hat geklappt. Es war ein Mädchen aus Finnland. Sie war achtzehn Jahre alt, hieß Kristine, war sehr hübsch und schien perfekt zu Mani zu passen.

Während des Tanzens mit Kristine sahen sich Mani und Angelika oft aus der Ferne mit trauriger Miene an. Jeder Blick war herzzerreißend. Kristine wohnte in einem Appartement in einem renommierten Teil von Hamburg-Blankenese. Sie hatte eine hübsche Luxuswohnung und war sehr schick und elegant gekleidet. Sie sah wie ein Top-Mannequin aus.

Doch in ihrem Appartement herrschte das Chaos, wie Mani bei seinem ersten Besuch feststellte: Schmutzige Töpfe, Pfannen, Tassen und Geschirr lagen überall herum. Alles war verschmutzt und verschimmelt. Kristines Schuhe, Stiefel, Strümpfe und BHs lagen auf dem Bett und um das Bett herum. Halbvoll verpackte Einkaufstüten standen auf dem Boden. Hemden, Röcke und Blusen, Unterwäsche wurden überall hingeschmissen. Waschbecken und Toilette waren verschmutzt, und überall lagen verschmutzte Tempotaschentücher. Beim Durchqueren der Wohnung musste man dauernd die Strecke freimachen.

Als Mani das erste Mal Kristines Wohnung betrat, traute er seinen Augen nicht. So viel Unordnung hat er noch nie in seinem Leben gesehen. Er wollte die Wohnung sofort verlassen, doch Kristine versprach, demnächst alles in Ordnung zu bringen. Angeblich hatte sie einige Tage Kopfschmerzen und Depressionen gehabt und war nicht zum Aufräumen gekommen. Sie versprach, dass sie in der Zukunft Ordnung halten würde.

Über eine Stunde bemühte Mani sich, das Bett und die Umgebung aufzuräumen. Als er zu ihrer Wohnung gekommen war, war er eigentlich sehr müde gewesen und hatte sofort ins Bett gewollt, denn er musste am nächsten Tag früh aufstehen.

Kristine hat zwar versprochen, regelmäßig aufzuräumen, aber hat ihr Versprechen nie gehalten. Außerdem wollte sie die ganze Nacht Diskotheken unsicher machen und feiern. Einmal, am Wochenende, es war schon gegen eins, versuchte Mani, mit ihr nach Hause zu fahren, doch Kristine wollt unbedingt zu einer weiteren Diskothek. Mani wohnte in Lokstedt im Grandweg, und Kristine wollte unbedingt in die *Marina*-Diskothek fahren.

Mani war übermüdet und lehnte ab. Er wollte nur noch in seine Wohnung. Kurz vor seiner Wohnung zog Kristine während der Fahrt blitzartig den Autoschlüssel aus der Zündung und drehte gleichzeitig mit beiden Händen das Lenkrad mit voller Wucht herum. Sie wollte unbedingt zu der Diskothek!

Der Wagen wurde in Richtung Bürgersteig geschleudert. Mani bremste stark und konnte kurz vor einer Wand noch gerade halten. Das Auto blieb im Abstand von einigen Millimeter vor der Wand stehen. Beinahe wäre es zu einem Unfall gekommen, denn dort standen viele geparkte Wagen.

Als das Auto schräg vor der Wand stand, stieg Kristine im gleichen Moment rasch aus dem Auto und warf den abgezogenen Autoschlüssel in den Garten eines fremden Hauses.

Um diese Zeit wollte Mani nicht klingeln und den Hausbesitzer wecken. Er musste also unbefugt in den Garten gehen, um den Schlüssel zu finden. Er holte seine Taschenlampe aus dem Autoschließfach und durchleuchtete den Garten.

Der Hauseigentümer wurde durch ihr Licht geweckt und alarmierte die Polizei. Nach kurzer Zeit erschienen die Beamten vor Ort. Sie dachten, Mani wäre ein Einbrecher. Auch der Hausbesitzer erschien nun vor der Haustür. Zwei Polizisten überprüften Mani. Er musste sich durch seinen Ausweis identifizieren. Er erzählte den Beamten und dem Haubesitzer die Geschichte. Die Polizisten verhörten Kristine. Sie lachte die ganze Zeit und meinte, sie habe sich geärgert, weil sie nicht so früh nach Hause fahren wollte. Der Hausbesitzer schaltete das Gartenlicht ein, und alle suchten im Garten nach dem Autoschlüssel.

Nach einer Viertelstunde fand Mani ihn. Er hat sich bei allen Anwesenden insbesondere bei dem Hausbesitzer, entschuldigt. Glücklicherweise verzichtete er auf eine Anzeige wegen Hausfriedensbruchs. Mani hat Kristine mehrmals gewarnt, bis sie sich bei allen Anwesenden entschuldigte. Mani war froh, dass es zu keinem Unfall gekommen war, doch er hatte die Befürchtung, dass Kristine derartige Dummheiten noch einmal wiederholen würde. Also versuchte er, sich von ihr zu trennen.

Die Trennung war nicht einfach. Kristine versuchte hartnäckig, sich nicht von Mani zu trennen. Außerdem war sie sehr eifersüchtig. Wenn Mani mit einem anderen Mädchen sprach, versuchte Kristine sie zu beschimpfen oder zu schubsen. Mani musste sich dauernd bei anderen Frauen entschuldigen. Manchmal malte sie das Gesicht oder das Hemd von Mani mit ihrem Lippenstift rot an. Mani ärgerte sich jedes Mal, doch Kristine lachte nur darüber. Sie wollte sich Mani gegenüber wie eine Siegerin fühlen. Mani wurde Kristine gegenüber sehr vorsichtig, denn ihre verrückten Taten konnten sich wiederholen.

Nach einigen Wochen hat Kristine sich total in Mani verliebt. Sie wollte dauernd Zeit mit ihm verbringen und wurde nach und nach eine Belastung für ihn, vor allem für sein Studium. Manchmal hat sie fremde Männer auf der Straße umarmt und geküsst, um Mani zu ärgern. Sie hat sogar Gegenstände nach ihm geworfen, Wasser über seinen Körper gegossen, das Essen vom Teller auf den Boden geleert, sein Hemd mit der Schere zerschnitten usw.

Doch Mani wollte sich friedlich von ihr trennen. Nach gründlicher Überlegung sagte er ihr, er müsse dringend nach Teheran fliegen, denn seine liebe Großmutter liege auf dem Sterbebett. Er habe bereits ein Ticket im Reisebüro reserviert. Sobald er es bekäme, würde er unverzüglich nach Teheran fliegen. Dann hat er sich im Voraus von ihr verabschiedet. Mit diesem Trick versuchte er sich von Kristine ohne Streit fernhalten.

Seine Freunde, der Geiger Fara und einige andere, kamen Mani zur Hilfe. Er wurde immer durch sie informiert, wenn Kristine irgendwo auftauchte. Über zwei Wochen musste er bei Freunden übernachten und sich verstecken. Sein Auto parkte er weit von seiner Wohnung entfernt und versteckte es unter einer Plane. Kristine hat oft seine Wohnung observiert. Sie hat davor gestanden und auf ihn gewartet, denn sie kannte weder seine Büroadresse noch seine Bürotelefonnummer. Die Freunde haben Mani immer über das Erscheinen von Kristine informiert. Es dauerte zehn bis fünfzehn Tage, bis Kristine endlich nicht mehr nach Mani suchte. Es war wie ein Katz-und-Maus-Spiel.

Nach zwei Monaten war alles vorbei. Mani konnte ohne Befürchtung wieder überall erscheinen. Er wollte vermeiden, dass Kristine einen Selbstmordversuch unternahm, so wie Biene in Bergedorf. Denn Kristine hatte sich nicht mehr normal verhalten. Mani wollte einen Streit mit ihr vermeiden, denn sie war offenbar unzurechnungsfähig. Mani wollte sie auf keinen Fall provozieren oder ärgern.

## Kapitel 28: Marina und Dani

Nach einigen Wochen war Mani wieder mit seinen Freunden im Studentencafé bei der Mensa. Dort haben einige Schüler aus der Schauspielakademie gefeiert. Zwei Mädchen saßen an einem Tisch. Mani saß auch an ihrem Tisch. Sie haben sich lange nett unterhalten. Eine hieß Marina, die andere Dani. Beide waren unter zwanzig. Er hat sie kennengelernt. Beide Mädchen haben sich für ihn interessiert, doch Mani hat sich zuerst mit Marina verabredet.

Sie war sehr nett – allerdings war sie eine starke Raucherin. Mani hat sich von ihr deshalb bald wieder getrennt. Das andere Mädchen war blond und hatte lange glatte Haaren. Sie war auffallend hübsch und nett. Sie konnte ausgezeichnet spanischen Flamenco tanzen und begeisterte jeden damit. Auch Mani war fasziniert. Marina und Dani waren gut befreundet, und daher wurde Marina eifersüchtig. Beide haben sich wegen Mani gestritten.

Am Ende haben sie die Wahl Mani überlassen. Er hat sich für Dani entschieden. Marina war über diese Entscheidung sehr verärgert und hat ihre lange Freundschaft mit Dani sofort unterbrochen.

Dani war eine ideale Frau für jeden Mann. Aber sie wollte ständig in renommierte Restaurants gehen und teuerstes Essen bestellen. Auf die Dauer wurde Mani ihre Freundschaft zu teuer. Aus finanziellen Gründen musste er sich nach und nach von ihr fernhalten. Dani hat in jedem Restaurant eine teure Mahlzeit bestellt und dann nichts gegessen. Anschließend wollte sie wieder in ein anderes Restaurant. Beim dritten Restaurantbesuch wurde für Mani die Rechnung zu teuer. Obwohl er zwischen hundert und hundertfünfzig Mark ausgegeben hatte, hatte Dani praktisch nichts gegessen. Sie wollte nur herausfinden, welches Restaurant am romantischsten ist. Mani konnte ihre kostspieligen Wünsche auf Dauer nicht erfüllen. Er hatte dafür weder Zeit noch Interesse. Er musste schließlich auf sein Studium konzentrieren. Dani war nur an ihren Vergnügungen interessiert. Mindestens zweimal erwischte Mani sie mit einem anderen Mann Hand in Hand, doch jedes Mal hat sie alles geleugnet. Das hat Mani nicht gefallen. Ihr luxuriöser Lebensstil passte ihm auch nicht. Daher hat er versucht, sich nach und nach von Dani zu trennen. Sie hat ihn oft in der Woche angerufen. Jedes Mal hat Mani das Treffen mit ihr aus verschiedenem Gründen abgelehnt oder verschoben.

Bei ihrem letzten Treffen tanzte sie lange Zeit mit einem anderen Mann. Mani fing ebenfalls an, mit einer anderen Frau zu tanzen. Zum Schluss hat sie sich von Mani verabschiedet und ist mit dem anderen Mann weggegangen.

Mani lernte dann eine neue Frau kennen. Sie hieß Christel und sah sehr ruhig und nett aus. Mani verabredete sich mit ihr für das nächste Wochenende. Am nächsten Tag hat Dani Mani dann wieder angerufen. Sie warf ihm vor: „Dieser Mann im Tanzlokal hat mich belästigt! Und du hast nichts dagegen unternommen!"

Mani fragte sie: „Und warum hast du ihm deine Telefonnummer gegeben?"

Dani behauptete, sie hätte dem Mann eine falsche Telefonnummer gegeben – anschließend hatte sie ihm angeblich nur die U-Bahn-Station gezeigt. Mani wusste, dass sie lügt, denn die U-Bahn-Station lag direkt dem Tanzlokal gegenüber. Außerdem hatte er vom Fenster aus beobachtet, dass Dani mit dem Mann nach rechts gegangen ist und danach auch nach einer Stunde nicht zurückgekommen ist. Sie blieb spurlos verschwunden.

Ab und zu lieh Dani sich das Auto von Mani aus, und am Wochenende wollte sie es wieder für drei bis vier Stunden haben. Mani hatte an diesem Wochenende eine Verabredung mit Christel und wollte sie gegen halb acht von ihrer Wohnung in Niendorf abholen. Daher sagte er zu Dani: „Wir müssen zuerst gegen halb acht Christel in Niendorf abholen. Danach leihe ich dir mein Auto für drei bis vier Stunden, und dann bringst du es wieder zu mir zurück."

Wie geplant, kam Dani pünktlich zu Mani, doch sie konnte nicht glauben, dass er mit einer anderen Frau verabredet war und war eifersüchtig. Mani sagte ihr: „Das letztes Mal hast du mich rücksichtslos mit einem fremden Mann im Tanzlokal verlassen. Jetzt werde ich dich genauso wie du mit einer anderen Frau verlassen."

Dani war wütend. Mit dem Auto von Mani holten beide zusammen Christel von ihrer Wohnung ab. Christel blieb die ganze Zeit bei Mani in seiner Wohnung. Mani erklärte ihr, Dani sei seine Exfreundin. Sie seien nicht mehr zusammen.

Nach drei oder vier Stunden kehrte Dani mit Manis Auto zurück und ging direkt zu seiner Wohnung. Mit zitternden Händen gab sie Mani seine Papiere und den Schlüssel zurück. Zum Schluss musste Mani Christel und Mani nach Hause begleiten.

Das Auto von Mani war ein kleiner, zweitüriger VW-Sportwagen, ein Karman Ghia 1600. In diesem Wagen musste eine von beiden Frauen hinten Platz nehmen. Dani und Christel stritten sich um den vorderen Platz. Zum Schluss musste Mani die Entscheidung treffen. Er urteilte diplomatisch, indem er sagte: „Wer zuerst aussteigt, sitzt auf dem vorderen Platz und wer zuletzt aussteigt, sitzt hinten."

Dani wohnte viel weiter entfernt als Christel, deshalb durfte Christel auf dem vorderen Sitz Platz nehmen und Dani auf dem hinteren.

Mani stieg ein und fuhr zuerst Christel nach Hause, danach Dani. Dani hat Mani unterwegs angesprochen, ob er Christel unverzüglich verlassen könnte. Mani antwortete ihr: „Wenn meine Freundschaft mit Christel nicht funktioniert, melde ich mich wieder bei dir."

**Kapitel 29: Christel**

Christel hat Mani sehr beeindruckt. Sie war eine sehr fleißige, tüchtige Frau. Ihr Beruf war Speditionskaufmann. Sie hatte eine schöne, große Wohnung. Im Gegensatz zu Dani war sie zuverlässig und ordentlich. Dadurch hatte Mani für sein Studium genügend Zeit, um zu lernen. In dieser Phase seines Lebens musste er sein Leben umstrukturieren. Durch die Partnerschaft mit Christel brauchte er sich um Haushalt sowie Kochen, Waschen, Kochen und Bügeln nicht zu kümmern. Sie beherrschte jede Situation perfekt und führte alle Arbeiten ordnungsgemäß durch. Mani brauchte zum Leben unbedingt eine tatkräftige Rückendeckung, und diese bot ihm Christel, denn sie war in jeder Hinsicht eine zuverlässige Partnerin. Deshalb entschloss er sich bald, in Zukunft sein Leben mit ihr aufzubauen. Dani war eine attraktive, hübsche Puppenschauspielerin. Sie war sehr nett, aber verwöhnt und eitel. Überall, wo sie erschien, wurde sie mit begeisterten Blicken im Empfang genommen und ständig durch Fremde gelobt. Im Sommer an jedem Strand drehten sich die Männer nach ihr um und bewunderten ihren ebenmäßigen Körper und ihre Schönheit. Überall wurde sie herzlich begrüßt, denn ihr bezaubernder Blick und ihre magischen Augen wirkten verführerisch. Immer wurde sie mit Bewunderung empfangen. Dadurch fühlte sie sich wie eine Prinzessin. Sie war geschmeichelt und wollte nicht nur bedient, sondern auch gelobt und bewundert werden.

Mani war ein einfacher Student. Er musste für sein Studium viel lernen. Deshalb war er nicht in der Lage, Manis Träume und Wünsche zu erfüllen, denn abgesehen von seiner finanziellen Lage fehlte ihm dazu die nötige Zeit. Obwohl er Dani sehr liebte und bewunderte, konnte er sich eine solche verwöhnte Frau nicht leisten. Mani konnte ihren luxuriösen Lebensstandard nicht halten, denn schließlich konnte er sich nicht von morgens bis abends um Dani und ihre märchenhaften Träume kümmern. Er musste sein Studium als Hauptziel verfolgen. Er musste sich also zwischen zwei Möglichkeiten entscheiden: ein Leben mit Dani, einer luxuriösen, verwöhnten Frau – oder ein Leben mit einer einfachen, ordentlichen Partnerin: Christel. Sie war eine unkomplizierte Partnerin und lebte in geordneten Verhältnissen. Im Gegensatz zu Dani war sie eine fleißige Frau und arbeitete voll beschäftigt. Sie war tüchtig und zuverlässig. Nach langer Überlegung entschied Mani sich im Interesse seines Studiums und seiner weiteren Kariere für eine Beziehung mit Christel.

Diese Entscheidung war für Dani irrelevant; sie versuchte, sie zu ignorieren. Sie liebte Mani und wollte ihn nicht verlieren. Daher rief sie ihn öfter an, um die Beziehung fortzusetzen. Jedes Mal musste Mani ihr unter Vorwänden Treffen absagen. Die Trennung von Dani war nicht einfach, aber er musste sich nun auf seine Kariere konzentrieren. Dafür war Christel eine ideale Frau zum Leben.

Am Anfang gab es ab und zu Differenzen zwischen Christel und ihm. Manchmal war Mani tief verletzt. Er wollte sich sogar von ihr trennen, doch Christel konnte eine längere Trennung von Mani nicht ertragen. Sie war in Mani außerordentlich verliebt. Immer wieder eroberte sie mit Tränen in den Augen sein Herz zurück. Wegen ihrer Liebe kümmerte sie sich ständig als eine zuverlässige Partnerin um ihn und seine Interessen. Sie erfüllte Mani jeden Wunsch; so tippte sie etwa seine gesamte Diplomarbeit. Daher fühlte Mani sich bei ihr wohl. Beide verfolgten gemeinsame Ziele und Interessen. Ab und zu gab es kleine Meinungsverschiedenheiten, doch sie gingen diplomatisch miteinander um und bewältigen so alle Probleme, denn sie wollten sich nicht verlieren. Das gemeinsame Leben führte nach und nach zu einer glücklichen, harmonischen Beziehung. Oft gingen sie miteinander ins Kino oder tanzen. Später dann besorgten sie sich eine größere Wohnung in der Walter-Schmedemann-Straße und wohnten dort mehrere Jahre glücklich zusammen.

Am Anfang gab es ein Problem: Christel war sehr leicht zu beeinflussen. Mani musste oft von Hamburg nach Kiel zu seinen Vorlesungen fahren. Eine Freundin von Christel in der Nachbarschaft versuchte, Christel negativ gegen ihn zu beeinflussen. Sie war der Meinung, Mani führe ein Doppelleben. Er sollte eine zweite Freundin oder sogar eine zweite Familie in Kiel haben.

In Wirklichkeit traf Mani sich in seiner freien Zeit mit seinen Freunden in Hamburg: mit dem Geiger Fara, dem Chemiestudenten Kari und mit dem Flugzeugbauingenieur Siru. Sie spielten zusammen Backgammon oder Schach und Karten. Wegen der beschränkten Spielzeit musste das Spiel öfter unterbrochen und verschoben werden. Der Verlierer musste dann Essen für die ganze Gruppe ausgeben, meist war das gegrilltes Hähnchen mit Reis. Alle sollten beim Essen dabei sein. Mani hat sich mit seinen Freunden am einem vereinbarten Ort getroffen, und dann haben sie gespielt. Deshalb hat die neugierige Nachbarin ihn eines Doppellebens verdächtigt.

Um ihre Bedenken zu zerstreuen, hat Mani sich mit seinen Freunden nun ab und zu in seiner eigenen Wohnung mit Christel getroffen.

Das Treffen der Freunde war für alle eine wichtige Ablenkung. Christel hat sich schließlich daran gewöhnt und dafür Verständnis gezeigt, denn es handelte sich um ein einwandfreies Spiel. Außer den Freunden besuchten ihn gelegentlich Heide, seine Schwester, mit ihrem Mann Majid und den beiden Kindern für ein paar Wochen in Hamburg. Alles verlief gut. Christel war den Gästen gegenüber vertrauenswürdig und gastfreundlich.

**Kapitel 30: Wissenschaftliche Exkursionen**

Mani musste für sein Studium verschiedene Male wissenschaftliche Exkursionen in Nord- und Süddeutschland durchführen. Er absolvierte alle von ihnen vorschriftsgemäß und erfolgreich. Nach seiner bestandenen Diplom-Vorprüfung musste er sich mit seiner Diplomarbeit beschäftigen. Nach den geltenden Regeln seines Fachbereichs konnte er nun entweder eine große wissenschaftliche Diplomarbeit durchführen oder stattdessen zwei kleinere wissenschaftliche Diplomarbeiten. Mani entschied sich für zwei wissenschaftliche Forschungen. Die erste Arbeit behandelte die geologischen Formationen im Zechstein im Harzvorland, und die zweite untersuchte Erdbebenparameter im Peloponnes und im Mittelmeer.

Manis Diplomarbeit im Harzvorland wurde durch den österreichischen Klimatologen und Meeresgeologen Professor Dr. Graf Michael Sarnthein vom Geologischen Institut der Christian-Albrecht-Universität zu Kiel geleitet und betreut.

Seine zweite Forschung über die Erdbebenparameter im Peloponnes und im Mittelmeer betreute Professor Dr. Rudolf Meißner, Direktor des geophysikalischen Instituts. Diese wissenschaftliche Arbeit wurde durch den damaligen Dr. Jochen Zschau (später Professor Dr. Jochen Zschau, Direktor des Departments *Physik der Erde* am Geoforschungszentrum der Universität Potsdam) assistiert und begleitet.

Beide Diplomarbeiten nahmen längere Zeit in Anspruch. Mani hat sich am meisten für Erdbebenforschung interessiert, denn er war im

Iran geboren, wo jedes Jahr zahlreiche schwache bis sehr starke Erdbeben mit einer Magnitude-Intensität über 6 bis sogar 8 auf der Richterskala vorkommen.[3] Durch die Erdbeben werden fast jedes Jahr viele Gebäude und Häuser beschädigt und zerstört. Ein starkes Erdbeben hinterlässt oft tausende Tote und Verletzte in den betroffenen Gebieten.

Mani arbeitete während seines Studiums bei einer internationalen Spedition in der Buchhaltung. Er war bei seinen Kolleginnen und Kollegen sehr beliebt. Nach Beendigung seines Studiums übte er eine kurze Tätigkeit als geologischer Gutachter aus. Danach flog er zurück in sein Heimatland. Dort, im Iran, wollte er in seinem Beruf beschäftigt werden, doch er fand im Iran keine ideale Anstellung.

Nach einem kurzen Aufenthalt im Iran kehrte Mani wieder nach Deutschland zurück. In dieser Zeit gab es in Deutschland viele arbeitslose Akademiker. Viele Geologen fanden nach ihrem Studium keine Beschäftigung, daher gab es viele Arbeitslose in seinem Beruf. Mani war froh, dass er jederzeit in seinem früheren Büro arbeiten konnte. Obwohl er kein gelernter Buchhalter war, konnte er die buchhalterischen Aufgaben rasch und präzis übernehmen. Wenn jemand im Büro krank wurde oder im Urlaub war, übernahm er deren Aufgaben wie ein Profi. Besonders bei der Bilanzierung zeigte er hervorragende Leistungen, denn er hatte sein Abitur ja in Mathematik absolviert. Er liebte alle mathematischen Aufgaben und Berechnungen. Hinzu kamen sein Ehrgeiz und seine Beliebtheit. Tatsächlich haben seine mathematischen

---

[3] Die Richterskala ist eine Magnitudenskala. Sie basiert auf Amplitudenmessungen von Seismogramm-Aufzeichnungen, die in relativ geringer Distanz von wenigen hundert Kilometern zum Epizentrum gewonnen werden.

Kenntnisse ihm viel geholfen und seine Leistungen ihm viel Erfolge eingebracht. Mit seiner Bürobeschäftigung wurde er nie arbeitslos.

Daneben beschäftigte er sich als talentierter Hobbyfotograph. Er konnte alle Motive und Gegenstände ausgezeichnet aufnehmen. Er besaß eine vollständige Canon-Fotoausrüstung. Öfter, auf vielen Veranstaltungen und Feiern, war er herzlich eingeladen, und jeder war von seinen fotographischen Aufnahmen begeistert. Seine Bilder wurden immer wieder gerne nachbestellt.

Seinen Freunde und Verwandten hat er immer mit Rat und Tat geholfen. Ab und zu allerdings wurde er finanziell ausgenutzt, doch er verlor nie sein Vertrauen anderen gegenüber. Jeder Person, die seine Hilfe benötigte, half er gern. Dadurch gewann Mani viele Freunde und hatte keine Langeweile. Auf vielen Feiern, Partys und Veranstaltungen hat er gemeinsam mit seinen Freundinnen und Freunden gefeiert.

Dennoch hat er nie seine Arbeit vernachlässigt oder abgesagt. War er beschäftigt, führte er seine Arbeit bis zum Ende ordentlich und zuverlässig durch. Er feierte nie, wenn er arbeiten musste, denn er kannte das Motto: Erst die Arbeit, dann das Vergnügen.

Manchmal schlief er nachts nicht, aber trotzdem erschien er am nächsten Tag immer pünktlich bei seiner Arbeit und hielt sich dann mit viel Kaffee wach. Er war ein zuverlässiger Mitarbeiter und meldete sich nie unnötig krank. Solches Personal ist überall beliebt. Daher wurde Mani nie lange arbeitslos.

Mani hat seine Arbeit immer tüchtig und ordentlich durchgeführt und sich dabei kaum für sein Gehalt interessiert, denn vor allem wollte er nie ohne Beschäftigung oder untätig sein. Mit seinem Gehalt war er sehr zufrieden, er kam damit gut zurecht. Zusätzlich hat er nebenbei mit Krügerrand-Anlagemünzen aus Gold gehandelt. Damit konnte er ein wenig finanziellen Profit gewinnen.

## Kapitel 31: Neid und Missgunst

Mani wurde von Studentinnen und Studenten oft beneidet und bespitzelt, denn er studierte an der Kieler Universität und wohnte in Hamburg. Er war immer elegant und modisch gekleidet, und seine Freundin sah immer toll und reizend aus. Er besaß immer ein schönes, auffallendes Auto. Finanziell ging es ihm gut. Im Vergleich zu anderen Studenten lebte er komfortabel und konnte sich vieles leisten, denn schon während seines Studiums in Kiel hat er jede Woche zwei Tage in Hamburg in seinem Buchhaltungsbüro zwölf Stunden pro Tag gearbeitet, zusätzlich während der Ferien fünf Tage in der Woche täglich bis zu zwölf Stunden. Als Student verdiente er monatlich so über 1.000,00 DM, und in den Semesterferien monatlich sogar bis über 2.500.00 DM und mehr.

In seinem Büro wurde Mani von seinem Vorgesetzten als zuverlässiger, perfekter Mitarbeiter anerkannt und geschätzt. Daher wurde er für längere Zeit im Büro einer internationalen großen Spedition eingestellt. Im Büro dieser Firma waren über dreißig Leute beschäftigt. Ständig wurde eine zuverlässige Urlaubsvertretung benötigt und Mani wurde dafür eingesetzt, und er übernahm zusätzlich noch die monatliche Bilanzierung der Buchhaltung. In dringenden Fällen kopierte er die Unterlagen und nahm sie mit zu sich nach Hause. Ihm wurde sogar ein Rechner mit Streifen zur Verfügung gestellt.

Am Wochenende und nach Feierabend war Mani zusätzlich zu Hause beschäftigt. Mit dem zur Verfügung gestellten Rechner konnte er ordentlich arbeiten. Bei der Bilanzierung haben ihm seine mathematischen Kenntnisse sehr geholfen. Bei der monatlichen Bilanzierung handelte es sich praktisch um die Aufgabe seines Chefs. Mani kannte sich mit der damaligen manuellen Bilanzierung sehr gut aus, und für diese komplizierte Aufgabe wurde er extra honoriert. In der Firma war er sehr beliebt. Er wurde von allem Angestellten hoch geschätzt und war gut angesehen. In vielerlei Hinsicht hat seine Arbeit im Büro ihm geholfen.

Doch niemals sprach er an der Kieler Universität mit seinen Freunden über seine Tätigkeit in der Buchhaltung, und so wusste niemand Bescheid über seine monatlichen Verdienste. Hamburg ist im Vergleich zu Kiel eine viel größere Stadt. Kiel ist hundert Kilometer von Hamburg entfernt. Die Fahrtzeit über die Autobahn dauerte maximal eine Stunde.

Einige seiner engeren Freunde versuchten ständig, sich über den Hintergrund seiner guten finanziellen Situation zu informieren. Mani gab ihnen jedes Mal diplomatische Antworten.

Einige Universitätsangehörige beauftragten sogar seine Freunde, Mani über seine finanzielle Situation auszuhorchen. Mani wunderte sich über ihre neugierigen Fragen und spürte instinktiv, woher die Quelle der Fragen stammte. Er lachte nur und antwortete lächelnd, er bekomme von seiner Familie im Iran finanzielle Unterstützung.

Einmal wurde Mani sogar von dem Mitarbeiter des Akademischen Auslandsamtes über seine finanzielle Situation befragt – und darüber, warum er in Hamburg und nicht in Kiel wohne. Schließlich studiere er in Kiel, nicht in der Hansestadt.

Mani antwortete diplomatisch, er wohne in Hamburg bei seiner Verlobten. Er zahle ihr keine Miete und werde von ihr versorgt. Sie würden demnächst heiraten und sich ein gemeinsames Leben aufbauen. Deshalb stellte sie ihm ihr Auto für die Fahrten von Hamburg nach Kiel zur Verfügung.

Mani hatte einige spezielle Freunde in Kiel. Ein falscher Freund hieß Ami. Er reiste mit seiner Freundin Feri von Kiel nach Hamburg zu Mani, um Informationen über ihn zu sammeln. Er tat Mani gegenüber freundlich und hilfsbereit und verabredete sich mit ihm in Hamburg. Wahrscheinlich wollte er sich tiefer über ihn und seine Verlobte informieren. Mani gab ihm nie die Adresse seines Arbeitsplatzes preis.

Mani handelte nebenbei mit Goldmünzen. Einmal fuhr er in Anwesenheit von Ami und Feri in die Stadtmitte von Hamburg. Das Auto gehörte Feri. Mani wollte eventuell einige Münzen in der Wechselstube verkaufen, doch zuerst wollte er sich über den Tagespreis informieren. Er trug in seiner Handtasche fünf Krügerrand-Goldmünzen.

Alle stiegen zusammen aus dem Auto und Mani ließ seine Tasche mit den Goldmünzen kurz im Auto liegen. Er wollte die Münzen später zur Wechselstube mitnehmen. Nach kurzer Zeit kehrte er mit Ami und Feri zum Auto zurück, um die Münzen zu holen. In dieser kurzen Zeit war eine Scheibe eingeschlagen worden, und dabei wurden alle fünf Krügerrandmünzen aus Feris Auto gestohlen. Feri meldete den Diebstahl später bei ihrer Versicherung und versprach Mani, seinen Schaden zu ersetzen.

Nach einigen Wochen überwies die Versicherung den Schaden in Höhe von 4.480,00 DM an Feri. Amir und Feri haben auf Kosten von Mani die komplette Versicherungssumme für fünf Unzen Gold als eigenen Schaden abkassiert – und nicht an Mani überwiesen.

Der – vermutlich abgekartete – Diebstahl der Goldmünzen blieb ungeklärt. Das Gaunerpaar hat Mani nicht einen einzigen Cent zurückgezahlt. Raffiniert und geschickt zogen die beiden sich danach von Mani zurück. Zuerst fuhr Feri mit ihrem Kind angeblich in den Urlaub, und danach gingen sie Mani aus dem Weg. Bei jeder Begegnung haben sie sich eiskalt verhalten und für Mani die Wohnungstür nicht mehr geöffnet. Alle weiteren Kontakte mit Mani wurde systematisch abgelenkt. Sie haben sich von Mani entfernt und versteckt.

Damals verlor Mani viel Geld. Er war enttäuscht und entsetzt, doch er konnte nichts dagegen tun. Ami sagte zu Mani, Feri habe das Geld bekommen und er hat damit nichts zu tun, und im Gegensatz zu ihm behauptete Feri, sie habe es komplett an Ami ausgezahlt. Das war hundertprozentig ein abgekartetes Spiel.

Doch das Geld brachte den beiden Gaunern kein Glück. Mani wollte die beiden nicht anzeigen, denn Feri war eine alleinstehende Mutter mit einem Kind, und Ami war wegen sexuellen Kindesmissbrauchs vorbestraft. Er konnte sogar abgeschoben werden. Mani hoffte lange, dass das Gaunerpaar ihm seinen Verlust eines Tages ersetzen würde, doch sie hatten kein schlechtes Gewissen. Später hat Ami Mani immer wieder um Verzeihung gebeten, doch Mani wollte nichts mehr mit ihm zu tun haben.

Einen anderen Betrug erlebte Mani durch einen „Freund" bei einer geologischen Kartierung. Es handelte sich um die finanzielle Unterstützung durch das Geologische Landesamt in Kiel. Die wissenschaftliche Arbeit musste durch zwei Personen durchgeführt und finanziert werden. Mani suchte sich für diesen Auftrag seinen vertrauten Freund H. Ali aus. Er bedankte sich herzlich bei Mani, dass er ihn als Partner vorgeschlagen habe; dennoch versuchte er Mani hereinzulegen. In betrügerischer Absicht ging er zu dem zuständigen Professor und teilte ihm mit, dass Mani leider keine Zeit für den Auftrag und kein Interesse an ihm habe. Er dachte, wenn er die Arbeit allein übernimmt, bekommt er die Gesamtfinanzierung nur für sich. Er wusste nicht, dass die Arbeit nur durch zwei Diplomanden durchgeführt werden konnte. Damit seine Lüge nicht aufgedeckt wurde, schlug er einen anderen Diplomanden als Partner vor.

Danach brachte er einen neuen Diplomand mit und stellte ihn bei Professor D. als Ersatz für Mani vor.

Mani war wieder von einem falschen Freund hereingelegt worden. Er war sehr enttäuscht und wütend, denn wiederholt war er durch falsche Freund betrogen worden.

Mani bemühte sich nun tüchtig um eine andere wissenschaftlichen Arbeit, und glücklicherweise erhielt er einen wissenschaftlichen Auftrag vom Geophysikalischen Institut für seine Diplomarbeit in Geophysik. Die Arbeit konnte direkt in einem Büro des Instituts durchgeführt werden, und Mani bekam sogar einen Arbeitsplatz dort.

Doch der neidische Ami intrigierte wieder gegen Mani. Er teilte seinem Professor M. mit, dass Mani eine zusätzliche Arbeit in Hamburg durchführe, und daraufhin wurde seine finanzielle Unterstützung eingestellt. Zumindest durfte Mani aber seinen Arbeitsplatz im Geophysikalischen Institut behalten, und immerhin konnte er durch seine Tätigkeit in Hamburg bei der Buchhaltung seinen Lebensunterhalt weiter finanzieren.

Mani begriff, dass er einigen seiner „Freunde" in Kiel auf keinen Fall mehr trauen durfte. Immer, wenn er sich bei einem Professor für eine Prüfung anmeldete, wurden davor anonym märchenhafte Geschichten über ihn verbreitet: Angeblich sollte er ein Agent der iranischen Regierung sein oder ein V-Mann.

Mani benötigte dringend einen letzten Schein für ein Praktikum, das wegen der geringen Teilnehmerzahl nur jedes zweites Jahr stattfand. Hierzu trug er seinen Namen dreimal auf der Teilnahmeliste ein, doch jedes Mal wurde er aus der Liste gestrichen. Zum Schluss teilte er dem Sekretariat seine Teilnahme an dem Praktikum schriftlich mit und konnte das Praktikum dann erfolgreich beenden.

Kurz vor seiner Diplomprüfung gab Mani als Vorwand bekannt, er habe den letzten Schein verloren. Er beantragte beim zuständigen Sekretariat einen Ersatzschein für das Praktikum. Sein Antrag wurde, wie erwartet, abgelehnt. Bei diesem Praktikum musste jeder Teilnehmer jedes Mal seine Teilnahme in einer Anwesenheitsliste eintragen. Merkwürdigerweise fehlte diese Liste nun ebenfalls, und daher durfte man ihm angeblich keinen Ersatzschein ausstellen. Aus diesem Grund sollte er das Praktikum wiederholen, denn der zuständige Professor wollte ohne Kontrolle der Anwesenheitsliste keinen Ersatzschein ausstellen.

Praktisch sollte Mani seine Diplomprüfung etwa zwei Jahre bis zum nächsten Praktikum verschieben. Danach musste er das Praktikum innerhalb eines Semesters wiederholen und beenden. Mani lachte innerlich über diese Überheblichkeit. Er war von der merkwürdigen Entscheidung des Professors und des Sekretariats entsetzt und überrascht. Viele seiner neidischen Freunde lachten ihn aus, und Ami, der falsche Freund, wollte ihm angeblich wieder helfen. Er schlug Mani vor, mit ihm in seiner Wohnung den Schein zu suchen. Mani lehnte ab, denn er traute ihm nicht mehr. Trotzdem bedankte er sich für den Vorschlag.

Einen Tag vor seiner offiziellen Anmeldung zur Diplomprüfung gab Mani bekannt, er habe den verlorenen Schein wiedergefunden.

Viele neidische Freunde waren überrascht, dass sie ihm nun keinen weiteren Schaden mehr zufügen konnten.

Nach seinem Experiment wurde Mani ihnen gegenüber sehr vorsichtig. Seine Erfahrungen waren für ihn eine Lehre für seine Kariere. Daher versuchte er, ihnen nie den Namen seiner Prüfprofessoren bekanntzugeben; stattdessen nannte er ihnen immer einen anderen Professor als Prüfer. Sogar die Prüfungszeit gab er nicht eindeutig an. Der falsche Freund Ami beschwerte sich bei ihm über seine irreführenden Angaben, doch Mani sagte dann einfach, er habe sich im letzten Moment für einen anderen Prüfprofessor entschieden.

Glücklicherweise durfte nach dem Regeln der Christian-Albrechts-Universität jeder Student seinen Prüfprofessor selbst aussuchen und dem Vorsitzender des Prüfamtes anmelden. Mani erinnerte sich an seine Konkurrenten bei verschiedenen Exkursionen und Hotelreservierungen. Einige Male hatte er sich bei den Exkursionen ordentlich in die Liste eingetragen, und später dann wurde sein Name raffiniert aus der Liste entfernt oder gestrichen.

Einmal musste er zu einer zehntägigen Exkursion nach Süddeutschland. Ein Student wurde für die Hotelreservierung ausgewählt. Trotzdem fehlte wieder Manis Name bei der Hotelreservierung. Der Student hatte Mani mitgeteilt, er habe für ihn und alle anderen Teilnehmer Zimmer reserviert. Mani konnte die Angaben leider nicht überprüfen, denn er hatte keinen Überblick über die Anzahl der Reservierungen und die Anzahl der Teilnehmer.

Als die Gruppe in der Ortschaft ankam, war es abends und schon dunkel. Erst im Hotel stellte sich heraus, dass man ein Zimmer weniger reserviert hatte. Jeder Teilnehmer hatte ein Hotelzimmer bekommen, nur für Mani gab es kein freies Zimmer. Und weit und breit gab es kein weiteres Hotel und keine Pension. Mani blieb allein, ohne Unterkunft, auf der Straße. Niemand wollte sein Zimmer mit ihm teilen, denn es gab angeblich kein freies Bett.

Er verließ das Hotel und ging auf die Suche nach einer Unterkunft. Das Wetter war regnerisch und kalt. Es war etwa neun Uhr abends, die Straßen waren leer.

Plötzlich stand er vor einer Kirche. Sie war geschlossen. Er klingelte an der Tür, und kurz darauf erschien der Pastor. Mani grüßte ihn und schilderte ihm sein Problem.

Der Pastor war sehr nett und hilfsbereit. Er gab Mani die Adresse einer Familie in unmittelbare Nähe. Dort sollte er zuerst nach einer Unterkunft fragen, und falls es nicht klappte, sollte er wieder zu ihm kommen.

Mani bedankte sich herzlich bei dem Pastor. Er ging zu der Adresse und klingelte. Kurz darauf öffnete eine junge Dame. Mani sagte, er komme durch Empfehlung von Pastor … von der Kirche und schilderte ihr seine Situation. Er fügte hinzu, er benötige dringend eine Unterkunft für zehn Tage.

Die Frau bat Mani herein und zeigte ihm ein Zimmer im ersten Stock. Das Zimmer war sehr schön und komplett eingerichtet. Mani sagte ihr, er sei täglich von 08:00 bis 18:00 Uhr unterwegs mit seiner Gruppe im Gelände.

Die nette Dame kümmerte sich die ganze Zeit um Mani und beherbergte ihn. Er bekam morgens ausreichend Frühstück, zusätzlich ein verpacktes Essen für die Mittagszeit und jeden Abend ein leckeres warmes Abendessen. Er wurde fürstlich bewirtet. Viele Kommilitoninnen und Kommilitonen beneideten ihn um seine Unterkunft, doch alle dachten, dass sie sehr teuer werden würde.

Nach zehn Tagen bedankte Mani sich bei der netten Dame herzlich und bat sie um eine Rechnung für die Verpflegung. Doch sie wollte auf keinen Fall Geld von ihm, sondern sagte: „Ihre Situation hat mich innerlich tief betroffen. Denn Sie haben sich nachts als ein Fremder an mich und meine Familie gewendet. Ich betrachtete Sie als einen Gesandten des Herrn an uns. Der Herr wollte durch Sie unsere Gutmütigkeit prüfen."

Mani war durch diesen überzeugten Glauben überrascht. Er bewunderte die nette Dame. Zum Dank schenkte er ihr einen großen Blumenstrauß. Mani sprach nie mit seine Kommilitoninnen und Kommilitonen über dieses wunderbare Ereignis, denn es hätte mur wieder Neid hervorgerufen.

Nach diesen Episoden passte er nun genauer auf. Er kontrollierte genau seinen Namen auf jeder Liste. Trotz einiger zuverlässiger Freunde an der Universität wurde er immer vorsichtiger, denn er dachte: Vertrauen ist gut, Kontrolle ist besser. Demgemäß wurde er den anderen gegenüber, was Schilderung seines Privatlebens anging, zurückhaltender. Nie erteilte er ihnen irgendeine Auskunft über sein privates Leben oder seine Finanzen. So setzte er sich gegen die Neid und die Missgunst seiner Kommilitonen zur Wehr.

Während seines Studiums wurden Mani durch negative Gerüchte öfter zeitliche und wirtschaftliche Schäden zugefügt. Viele „Freunde" waren ihm gegenüber neidisch, und gegenüber einigen verlor er völlig das Vertrauen, denn oft kam er nur mit einem blauen Auge davon.

Nach Beendigung seines Studiums wollte Mani die Christian-Albrecht-Universität nie wieder betreten, denn er hatte durch einige „Freunde" dort merkwürdige Probleme miterlebt, und oft hatte er sich wie in einem Alptraum gefühlt. Doch abgesehen von einigen Ausnahmefällen war die Universität Kiel sehr gut. Nur einige Universitätsangehörige sowie Kommilitoninnen und Kommilitonen haben ihren Ruf vergiftet und beschädigt. Gott sei Dank gab es hin und wieder auch nette, liebe und zuverlässige Personen dort. Mani wurde oft mit Rat und Tat durch Herrn Ko ... vom Akademischen Auslandsamt sowie durch Frau Wel ..., die zuständige Kultusministerin von Schleswig-Holstein, geholfen. Er betrachtet seine unangenehmen Erfahrungen an der Universität als Ausnahme. Generell hat er ein großes Lob und Respekt für seine Christian-Albrechts-Universität, denn eine Institution kann nichts dafür, wenn die Menschen an ihr sich falsch verhalten.

Es gab auch gute Erinnerungen. Einmal nahm Mani bei einer Exkursion ins Harzvorland teil. An ihrem Ende haben alle Teilnehmerinnen und Teilnehmer gemeinsam gefeiert und getanzt. Mani hat fast die ganze Zeit mit einer lieben, zierlichen, blonden Biologiestudentin getanzt, Juliane K. (später Dr. Juliane Dil.). Sie hatte als Siebzehnjährige mit ihrer Mutter eine Odyssee im peruanischen Regenwald erlebt. Als Kind lebte sie mit ihren Eltern in Peru in einer Forschungsstation im Regenwald und wollte mit ihrer Mutter Weihnachten verreisen. Sie folgen mit dem Flugzeug einer peruanischen Gesellschaft und saßen in der Maschine auf zwei Sitzplätzen hintereinander neben dem Fenster. Ein Unwetter kam auf, und ein mächtiger Blitz traf das Flugzeug. Es ist explodiert und zersplittert.

Der Absturz geschah in einer Höhe von 3.500 Metern über dem peruanischen Regenwald, und durch die Explosion wurde Juliane durch das Fenster nach außen geschleudert. Wie durch ein Wunder überlebte sie.

Nach dem Absturz wurden sofort Suchtruppen aktiviert, doch zunächst fanden sie weder eine Spur von Flugzeugteilen noch von den Passagieren, denn im Urwald ist der Boden mit riesigen Bäumen und breiten Pflanzen bedeckt.

Die Nachricht von dem Flugzeugabsturz verbreitete sich durch Rundfunk und Fernsehen blitzartig in der ganzen Welt. Die Presse war außer sich. Nach einigen Tagen stellten die Suchtrupps ihre Suche nach überlebenden Passagieren ein, und alle 92 Insassen wurden für tot erklärt.

Als einziger Passagier hatte Juliane den Absturz überlebt. Bei der Explosion hatte sich durch den hohen Druck ihr Sitz vom Flugzeug abgetrennt, dadurch wurde sie mit ihm durch das Fenster nach außen geschleudert. Zuerst wurde sie bewusstlos, doch nach einiger Zeit kam sie wieder zu sich und wachte auf. Sie konnte sich mit großer Mühe von ihrem Sitz befreien. Da sie nicht wusste, dass alle anderen Passagiere tot waren, suchte sie verzweifelt stundenlang nach ihrer Mutter sowie anderen Passagieren. Schließlich gab sie es auf und versuchte, aus dem Wald wegzukommen. Sie hoffte, dass jemanden sie findet. Doch sie hatte nicht die geringste Ahnung, wo genau im Regenwald sie sich befindet.

Bei ihrer Suche fand sie eine kleine Tüte Bonbons. Sie nahm sie mit. Irgendwann stieß sie auf einen Fluss und begann damit, ihm flussabwärts zu folgen. Dort gab es stechende Insekten und Moskitos. Durch Regen hatte sie genug Trinkwasser. Oft hörte sie merkwürdige Geräusche. Nachts war es stockdunkel und kalt. Jeden Tag hat sie gehofft, von jemand gefunden zu werden oder einem Bewohner zu begegnen.

Nach fünf Tagen hatte sie nichts mehr zu essen. Sie war inzwischen völlig schwach und kraftlos. Nach zehneinhalb Tage schließlich fand sie ein Boot vor einem Haus. Sie ging mit letzter Kraft zu dem Boot, stieg hinein und schlief ein. Dort wurde sie endlich durch einen Bewohner entdeckt und sofort medizinisch versorgt. Nach und nach tauchten viele Neugierige auf. Es kamen auch einige Gläubige. Sie hatten jahrelang auf die Erscheinung eines blonden Engels vom Himmel gewartet. Für diese Gläubigen war sie eine Heilige.

Mani hörte ihr mit großem Interesse und Begeisterung zu. Für ihn klang alles überzeugend und glaubhaft. Zuvor hatte er sogar die Geschichte von Juliane in einer Ausgabe des *Sterns* gelesen. Nun hatte er Juliane persönlich kennengelernt.

Drei Studenten haben über sie und den Glauben der Einwohner gelästert und sie sogar beleidigt. Mani hat sie in Schutz genommen. Er war über die dummen Äußerungen empört, denn Juliane hat emotional und überzeugend aus ihrem Herzen gesprochen. Mani bewunderte sie damals wie heute für ihre außerordentlichen Kräfte und ihre Tapferkeit.

Kurz darauf nahm er zusammen mit ihr an einem Tauchkurs in der Ostsee teil, und erstaunlicherweise sind diese Studenten dabei in der Ostsee ertrunken. Ihre Leichen wurden zuerst nicht gefunden. Die Bekanntschaft mit Juliane K., heute Dr. Juliane K., ist für Mani eine wunderschöne Erinnerung an die Christian-Albrechts-Universität. Inzwischen hat sie ein Buch mit dem Titel *Als ich vom Himmel fiel* veröffentlicht.[4] Darin schildert sie ihr Leben nach dem Flugabsturz und ihre Odyssee durch den peruanischen Regenwald. Es ist ein sehr interessantes Buch.

---

[4] Koepcke, Juliane: *Als ich vom Himmel fiel. Wie mir der Dschungel mein Leben zurückgab*. München: Piper, 2012. ISBN-10: 3492274935.

Außer den Erinnerungen an die Universität hat Mani schöne Erinnerungen an die Ostseestrände im Sommer. Denn es gab in der Umgebung von Kiel viele wunderschöne Strände, wie etwa die Strände in Kiel-Friedrichsort und Schilksee: Falckensteiner Strand, Stakendorfer Strand und viele andere. Mani war oft im Sommer mit Freunden in Schilksee. Die Entfernung von Kiel dorthin war nicht so weit.

Manchmal besuchte ihn im Sommer seine Familie aus dem Iran, und dann nahm Mani sie nach Schilksee mit. Seine Schwester Heide liebte die Ostseestrände. Jedes Mal, wenn sie Mani in Deutschland besuchte, wollte sie zu den Ostseestränden. Heide war von ihnen begeistert. Sie fühlte sich an jedem Strand wohl. Sie war von dem Klima und dem sauberen Sand fasziniert. Viele Familien im Iran gehen gemeinsam zum Picknick, oft treffen sich Familien und Freunde. Picknick am Strand war für Mani und seine Schwester ein wunderschönes Erlebnis.

Jedes Mal beim Abschied danach waren die Geschwister traurig, und oft flossen sogar Tränen. Für beide brach eine Welt zusammen. Auch beim Treffen sind immer Tränen geflossen, aber das waren Tränen der Freude. Die Tränen beim Abschied waren bitter und herzzerreißend. Bei Mani dauerte die Trauerzeit oft über eine Woche. Erst danach konnte er den Abschied nach und nach vergessen. Bei Heide dauerte die Trennungszeit mindestens über einen Monat, danach konnte sie sich schrittweise beruhigen. Bei ihren Treffen haben die Geschwister sich immer an die traurige Trennung während ihrer Kinderzeit erinnert. Sie haben zwar nicht darüber gesprochen, aber die Erinnerungen waren tief in ihrer Seele verwurzelt. Oft haben sie sich schweigend in die Auge geschaut. Danach sind sie tief in sich hineingegangen. Doch nie haben sie versucht, über ihre traurige Vergangenheit zu sprechen, denn die beiden hatten gelernt, wie sie sich am besten zu Wehr setzen konnten. Allmählich haben sie sich daran gewöhnt. Sie haben die eigenen Probleme tief in sich versenkt, denn es ging um ihre persönliche Ehre und Würde. Deshalb haben sie nie versucht, mit jemandem über ihre Probleme zu sprechen. Sie wollten nicht, dass über sie gelästert oder gelacht wird, dass man sie erniedrigt oder beleidigt, denn dadurch wären die Wunden noch tiefer geworden. In solchen Fälle reagiert jeder Mensch anderes. Mani und Heide haben sich entschlossen, ihre Probleme für sich zu behalten. Das war eine Entscheidung zwischen beiden Kindern, und diese Abmachung haben sie immer eingehalten. Manchmal haben sie ein wenig über die eigenen Probleme in der sozialen Umgebung gesprochen, um die Reaktionen zu prüfen.

Sie waren sehr unterschiedlich. Meist wurde es negativ gegen sie verwendet. Das kam ihnen wie eine Schande vor - etwa, wenn über elternlose Kinder ohne Zukunft gesprochen wurde. Einige hatten mit beiden echtes Mitleid, doch viele haben ihnen nur eine schwarze Zukunft prophezeit. Die Geschwister standen immer im Visier der sozialen Umgebung.

Mani ging mit allen diplomatisch um. Er war nett und klug. Er konnte mit Problemen gut umgehen. Er passte auf seine Schwester auf und gab ihr Rat. Er gab ihr Nachhilfe beim Schulunterricht und half ihr bei den Hausaufgaben. Er hat von den Fehlern der anderen gelernt und dadurch ihre Fehler vermieden. Jeden guten Rat hat er befolgt. Das war seine Erziehung. Er wollte kein Mitleid. Daher hat er versucht, mit keinem darüber zu reden. Ihm fehlten seine Eltern, doch darüber hat er mit niemandem gesprochen. Er wusste, dass seiner Schwester die Eltern ebenso fehlen wie ihm selbst, aber er hat mit ihr nie über sie gesprochen. Denn die beiden waren sehr stolz. Das war das große Problem in ihrem Leben, und darüber wollten sie nie mit niemandem sprechen. Über dieses Geheimnis haben sie stets geschwiegen.

## Kapitel 32: Videotechnik

Mani hat sich immer gern über die neueste Technik auf dem Markt informiert. Als die ersten Videorekorder aufkamen, war er davon sofort fasziniert und hat sich das neueste Gerät auf dem Markt für 2.500,00 DM gekauft. Im Gegensatz zu einem Tonbandgerät wussten viele Menschen damals nicht, wie ein Videorekorder funktioniert. Man kannte nur Filmvorführungen über den Filmprojektor im Kino. Damals wie heute wurde nur ein Film im Kino in einem großen Raum für Zuschauer vorgeführt.

Im privaten Bereich besaßen einige Personen schon kleine Filmprojektoren, aber meist waren solche Geräte ohne Ton und konnten nur sehr kurze Filme zeigen. Einen Filmprojektor mit Ton hatten nur wenige zur Verfügung. Auf dem Markt gab es verschiedene Super-8-Filme, die man durch einen Projektor abspielen konnte. Diese Filme waren überwiegend ohne Ton und eher kurz. Kaum jemand wusste über die Funktion eines Videorekorders Bescheid.

Mani hat sich zuerst leere Videokassetten für seinen Videorekorder besorgt, dann hat er Fernsehserien und Spielfilme aufgenommen. Jedes Mal führte er die aufgenommenen Videokassetten seiner Familie, Freunden und Nachbaren vor. Jeder war von den Kassetten fasziniert und begeistert. Mani interessierte sich vor allem für Filme in Wissenschaft, Forschung, Technik und Ähnliches, außerdem mochte er Actionfilme, Abenteuerfilme, Science-Fiction-Filme usw. Zum ersten Mal

konnte er trotz Abwesenheit mit dem Videorekorder nun jeden belie-
bigen Film im Fernsehen aufnehmen, und danach konnte er die aufgenommenen Filme in seiner freien Zeit mit Familie und Freunden an-
schauen.

Bald konnte man auch Originalfilme auf Video in Fernseh- und
Rundfunkgeschäften ausleihen. Damals kannte Mani nur ein einziges
Geschäft für Videoverleih im *Hamburg Herold Center*. Er nahm sich vor,
einen Originalspielfilm dort auszuleihen.

In dem Center standen maximal zwanzig bis dreißig Filme zur Verfügung. Der Verleih eines einzigen Film nahm viel Zeit in Anspruch,
denn dort warteten schon mehrere Personen auf zurückkommende
Kassetten: Über fünfzehn Leute standen Schlange für eine Kassette, die
demnächst zurückkommen sollte! Einige, die schon Kassetten geliehen
hatten, sprachen voller Begeisterung über die Filme, und alle Anwesenden hörten gebannt zu wie bei einer Vorlesung. Einige Leute warteten schon über eine Stunde oder sogar noch länger auf eine einzige zurückkommende Kassette, denn alle Filme waren bereits verliehen. Die
Interessierten mussten also warten, bis eine geliehene Kassette zu-
rückkam, und keiner wusste, welche Kassette demnächst zurückkommen würde. Alle haben guter Hoffnung auf die nächste Kassette gewartet. Dabei ging es nicht um einen gewünschten Film, sondern um
irgendeinen. Denn wenn man die zurückkommende Kassette nicht haben wollte, musste man sich erneut hinten anstellen. Theoretisch konnte es Stunden dauern, bis man den gewünschten Film leihen konnte. In
diesem Fall haben einige Leute im Schichtwechsel angestanden und
andere sich notdürftig zum wiederholten Mal den gleichen Videofilm
geliehen. Denn sie hatten keine Lust oder Zeit, für eine Kassette längere Zeit abzuwarten.

Mani kannte keine einzige Videokassette aus dem Rundfunkgeschäft, denn schließlich war er zum ersten Mal hier.

Nach einer halben Stunde Wartezeit konnte er sich zwei Videokassetten leihen. Beide Filme waren ihm unbekannt und sehr interessant. Er hatte noch nie ein Video ausgeliehen. Der Verleihpreis betrug zehn Mark für einen Tag. Er lieh zwei Videokassetten für zwanzig Mark.

Zu Hause angekommen, schaute Mani die Kassetten mit seiner Frau und Freunden mindestens zwei Mal an. Viele haben sich den Videorekorder als privates Heimkino vorgestellt. Im Laufe der Zeit wurden die Videofilme topaktuell und sehr populär.

Beruflich hingegen lief es für Mani nicht so gut: Aufgrund der kritischen wirtschaftlichen Situation wurde das Büro von Mani immer kleiner, und einige Kolleginnen und Kollegen mussten entlassen werden.

**Kapitel 33: Recherchen**

Bald konnte Mani seine Arbeit in der Buchhaltung nicht mehr fortsetzen: Wie seine Kolleginnen und Kollegen wurde er automatisch entlassen. Was sollte er jetzt tun? Instinktiv hatte er sich immer gewünscht, eine selbständige Arbeit durchzuführen. Zuerst verfolgte er kein bestimmtes Ziel, sondern sah sich nur um. Für seinen Wunsch nach Selbständigkeit musste er einen Grundstein legen und ihn entwickeln. Er hatte einen Freund mit dem gleichen Ziel, einen pensionierten Oberst, S. Bakht. Er war sehr zuverlässig und korrekt.

Verschiedene Geschäfte in Hamburg wurden auf dem Markt zum Verkauf angeboten. Bakht war einige Jahre älter als Mani. Über drei Monate suchte Mani mit ihm verschiedene Geschäfte in Hamburg aus. Es wurde alles sorgfältig überprüft, doch sie fanden kein ideales Geschäft. Ihre Bemühungen blieben erfolglos. Nach und nach wurde Mani ungeduldig.

**Kapitel 34: Als Unternehmer**

Dann wurde eine Videothek auf dem Markt zum Verkauf inseriert. Ihr Betreiber kam finanziell nicht mehr zurecht und war in den Bankrott geraten. Nun suchte er verzweifelt einen Käufer für seine Videothek. Im Gegensatz zum Oberst, seinem Geschäftspartner, der skeptisch war, interessierte Mani sich sehr für dieses Geschäft, denn die Videotechnik faszinierte ihn ja bereits privat. Die bankrotte Videothek sollte 20.000,00 DM in bar kosten. Das war das letzte Geld, das Mani hatte. Er wollte dem Geschäftseigentümer die Kaution in zwei Raten zahlen. Der Eigentümer war sehr nett und kulant, daher verzichtete er freiwillig auf die komplette Kautionssumme für seinen Laden. Zusätzlich bot er Mani eine finanzielle Unterstützung für sein Geschäft an.

Das war für Mani ein guter Anfang, und so sagte er zu.

Glücklicherweise lief das Geschäft reibungslos, denn Mani wollte keine Schulden. Zunächst hatte er keine Ahnung vom Betrieb einer Videothek, aber in kurzer Zeit beherrschte er das komplette System. Er wusste Bescheid, wo er die Videokassetten bestellen konnte, denn dafür gab es verschiedene Filmanbieter wie Warner Home, CiC, RcA, Columbia Picture, CBS FOX, VCL, VMP Cannon, Orlowski, Ribu etc.

Alle Filme hatten Bewertungen in Fachzeitschriften wie *Videoplay*. Hinzukam eine Video-Hitliste mit Kommentaren und so weiter. Mani informierte sich detailliert über die Videogesellschaften. Er setzte sich mit allen von ihnen regelmäßig in Verbindung. Der enge Kontakt mit den Gesellschaften war für sein Geschäft sehr wichtig und hat ihm viel geholfen. Auf einmal kamen täglich Vertreter zu ihm.

Am Anfang betrug sein Tagesumsatz 40,00 DM, und Mani musste ihn auf jeden Fall verbessern. Er wandte sich an einige Nachbarvideotheken. Eine Kollegin prophezeite ihm hämisch, spätestens in sechs Wochen müsse er seine Videothek aufgeben. Mani antwortete ihr mit Überzeugung: „Wenn von uns jemanden seine Videothek aufgeben muss, dann sind Sie das, nicht ich!"

Er bemühte sich, das System in seiner Videothek komplett umzuorganisieren. Zunächst suchte er nach einem neuen, ziehenden Namen für sein Geschäft. Die Videothek lag in der Lappenbergsallee Nr. 44, daher nannte er die Videothek *Video 44*.

## Kapitel 35: Neue Systemorganisation

Vieles musste geändert und reformiert werden. Zuerst schaffte Mani den jährlichen Clubbeitrag für die Mitgliedschaft ab, und zusätzlich setzte er den Verleihpreis des Vorbesitzers von 10,00 DM auf 5,00 DM pro Film herab. Weiterhin teilte er Tausende von Flugblättern mit dem reduzierten Preis aus. Es dauerte keine zehn Tage, bis der Tagesumsatz sich verzehnfacht hatte: Von 40,00 DM war er auf 400,00 DM gestiegen. Er begann damit, zusätzlich im *Hamburger Wochenblatt* auf der Titelseite eine große Anzeige mit den neuen Preisen zu schalten. Plötzlich erhöhte sich die Anzahl seiner Kunden um ein Vielfaches, und dementsprechend stieg auch der Umfang der Arbeit in der Videothek, sodass Mani schließlich zwei Aushilfskräfte einstellen musste; außerdem half ihm seine Frau Christel fleißig.

Vor allem am Wochenende wurden viele Kassetten ausgeliehen, während dieser Zeit lief die Videothek immer ausgezeichnet. Im Rahmen seiner geschickten Preispolitik reduzierte Mani den Verleihpreis nun immer weiter von 5,00 DM auf 4,00 DM, und kurz darauf senkte den Verleihpreis pro Kalendertag sogar auf 2,00 DM. Das bedeutete: Wenn man die Kassette am selben Tag zurückgab, zahlte der Kunde nur zwei Mark. Durch diese Preisstrategie wollte er den sozial schwachen Schichten wie Schülern, Studenten und Arbeitslosen entgegenkommen.

Derweil stieg der Umsatz der Videothek immer weiter, und inzwischen verfügte er über 1.500 Videofilme. Daher musste er zusätzliche Regale für seine Filmkassetten aufbauen.

Ein netter Kollege von Mani, Spiro, war ein erfahrener Tischler. Er half ihm beim Bau der Videoregale. Die alten Regale wurden durch neue ersetzt, und hinzukamen neue, moderne Tresen. Auch die Räumlichkeiten wurden renoviert und modernisiert.

Mani half im Gegenzug auch Spiro durch seine Geschäftspolitik; die beiden Geschäftsleute unterstützten sich gegenseitig. Dadurch entwickelte sich zwischen ihnen eine mehrjährige tiefe Freundschaft. Noch heute sind sie eng befreundet.

Durch das neue Geschäftssystem stieg der Umsatz in der Videothek drastisch, und dadurch erhöhte sich der Tagesumsatz um mehrere hundert DM. Die Einnahmen wurden ständig höher und höher: Inzwischen betrugen die Tageseinnahmen am Freitag und Samstag über 3.000,00 DM und mehr. Nur während der Wochentage verharrte der Tagesumsatz auf einem Niveau zwischen 500,00 und 600,00 DM.

Am Wochenende arbeiteten viele Angestellten in der Videothek. Sie wurde allmählich sehr bekannt, und inzwischen lief sie außerordentlich gut. Mani konnte sich auf einmal vieles leisten. Er gab seiner Frau Christel die Möglichkeit, ihren Führerschein zu machen. Zusätzlich schenkte er ihr zum Dank für ihre hervorragende Arbeit ein Auto. Christel hatte sich immer einen kleinen roten Wagen gewünscht, und so besorgte Mani besorgte ihr einen knallroten, sehr hübschen VW Polo.

Von dieser Überraschung war Christel begeistert und bedankte sich bei Mani überschwänglich. Mit ihrem Auto konnte sie Mani in der Videothek nun noch schneller zur Hilfe kommen. Denn manchmal fehlte ein Angestellter, und außerdem war im Geschäft ab und zu viel zu tun. Dann erschien Christel unverzüglich und leistete Mani Hilfe.

Manchmal arbeitete sie über zwanzig Stunden am Tag in der Videothek.

Während der Arbeit trank sie nur zwei Tassen Café, danach hat sie unverzüglich weiter gearbeitet. Erstaunlicherweise wurde sie nie müde; nicht ein einziges Mal beschwerte sie sich bei ihrem Mann, dass die Arbeit ihr zu viel sei. Mani hat sie für ihre Leistungen bewundert.

Neben ihrer Arbeit in der Videothek kümmerte Christel sich auch um den Haushalt, erfüllte alle Aufgaben im Haus und in der Videothek. Ohne die Leistungen seiner Frau in der Videothek hätte Mani seine Kariere nicht so schnell aufbauen können. Christel war sehr zuverlässig und pflichtbewusst. Sie wurde nie durch ihre Leistungen müde, und sie zog sich nie von irgendeiner schweren Arbeit zurück. Immer, wenn ein Angestellter fehlte, erschien sie unverzüglich im Geschäft und sprang ein, und jede Aufgabe erledigte sie versiert und motiviert.

Mani entwickelte ein schriftliches Konzept für die Arbeitsabläufe in der Videothek. Jeder musste die Regeln einhalten und befolgen. Jedes neue Mitglied musste vor der Mitgliedschaft die Regeln lesen und mit seiner Unterschrift bestätigen. Dennoch gab es oft Verstöße gegen die Regeln. Wenn jemand gegen sie verstieß, wurde allerdings meist ein Auge zugunsten des Mitglieds zugedrückt. So gab es zahlreiche Mitglieder, welche die Videokassetten nicht wieder zurückbrachten. Jede Originalvideokassette kostete über 275,00 DM. Einige Mitglieder „liehen" die Kassetten „aus" – und verkauften sie dann auf dem Schwarzmarkt weiter.

Einmal lieh ein neues Mitglied von der Videothek zehn Videokassetten auf einmal und brachte sie nicht wieder zurück. Der Schaden betrug über DM 2.750,00. Bei der Anzeige wurde festgestellt, dass es sich bei der Person um einen Gefängnishäftling handelte, der seinen Hafturlaub dazu genutzt hatte, um Videokassetten der Videothek zu unterschlagen. In einem solchen Fall handelt es sich gesetzlich allerdings nicht um Diebstahl, sondern um Unterschlagung.

Vor dem Hintergrund dieser neuen Erfahrungen entwickelte Mani einen neuen Paragraph für neue Mitglieder: Danach durfte jedes neue Mitglied nur noch maximal drei Kassetten ausleihen, und darüber hinaus musste das Mitglied im Besitz einer Bankscheckkarte sein.

Der Schaden von 2.750,00 DM war für Mani eine wichtige Erfahrung bei seinen zukünftigen Geschäfte, und eine schmerzliche – denn er konnte von einem Strafgefangenen keinen Schadensersatz fordern:

Die Anzeige wurde zurückgewiesen, weil die betroffene Person während des Verleihs in Haft gesessen hatte. Der Hafturlaub war nicht in das Urlaubsprotokoll eingetragen. Die Polizei meinte, der Mann könne niemals in der Videothek gewesen sein, weil er zum betreffenden Zeitpunkt im Gefängnis gesessen hatte. Mani zeigte dem zuständigen Beamten die Ausweiskopie des Mannes – damals wurde der Ausweis jedes neuen Mitglieds ordentlich fotografiert. Zusätzlich konnte er dem Beamten die Rechnung mit der Unterschrift des Verhafteten nachweisen. Die Antwort der Beamten lautete: „Das ist ein Skandal."

Doch danach meldeten die Polizisten sich nie wieder. Angeblich wollten sie sich unverzüglich um den Fall kümmern. Mani konnte diesen Schaden durch seinen hohen Verdienst leicht verkraften.

Neben solchen Unterschlagungen gab es Mitglieder, die das Originalband geschickt durch eine Kopie ersetzten. Gegen solchen Betrug war Mani machtlos. Dazu muss man Folgendes wissen: Bei einem kopierten Band lässt die Qualität der Kassette rasch nach, der Film wird blass und unbrauchbar. Dafür aber kann die Videothek dann niemanden verantwortlich machen, denn nach mehrmaligem Verleih lässt sich der Täter nicht mehr identifizieren. Es gab auch keine Versicherungen, die derartige Schäden absichern wollten.

Um Betrug mit vertauschten Bändern zu verhindern, hat Mani das Videoband zunächst mit einem speziellen Stift markiert. Jedes Mal musste nun bei der Rückgabe einer Videokassette das Band kontrolliert und überprüft werden.

Es gab auch Kunden, die das Band (vermutlich vorsätzlich) knickten und beschädigten, um eine neue Kassetten als Schadenersatz bekommen. Meist wollten sie eine neue Videokassette haben. Manchmal wiederholte sich dieser Schaden bei bestimmten Mitgliedern: Sie wollten unbedingt eine andere, neue Videokassette. Mani musste hierfür einen neuen Paragrafen zu den Regeln in der Videothek hinzufügen, und in ihm wurde Folgendes vereinbart: Ist ein Film defekt, wird er nur durch den gleichen Filmtitel ersetzt. Danach ließen einige Komplikationen drastisch nach.

Es gab noch weitere Probleme. Verschiedene Mitglieder liehen aktuelle Videofilme aus und brachten sie nie wieder zurück. Sie hatten von Anfang an nie vorgehabt, die Kassetten zurückzubringen. Meist suchten sie aktuelle Filme aus der Videothek aus, denn beim Verkauf bekam man dafür den höchsten Preis auf dem Schwarzmarkt. Solche betrügerischen Mitglieder waren meist vorbestraft oder hatten keinen festen Wohnsitz.

Dieses Problem gab es in jeder Videothek, und Mani musste eine Lösung dafür finden. Als einzige Videothek ließ er einen elektrischen Stempel mit folgendem Vermerk entwickeln: Eigentümervideothek mit Adresse und Telefonnummer. Das System funktionierte wie bei einem elektrischen Tauchsieder: Eine Seite hatte einen Stecker für die Verbindung an den Strom. Der gravierte Metallstempel wurde aufgeheizt, und durch die produzierte Wärmeenergie wurde die Videokassette markiert, ähnlich wie bei den Pferdemarkierungen in Cowboyfilmen.

Durch diesen Trick ließ das Problem der gestohlenen Videokassetten drastisch nach. Aus Sicherheitsgründen gab Mani seine Entwicklung niemanden bekannt. Das war sein Firmengeheimnis. Viele Kollegen waren von seinen gestanzten Videokassetten begeistert. Mani erinnerte sich an seine früheren Kommilitonen während seines Studiums an der Universität und ihre Intrigen. Deswegen veröffentlichte er seine Entwicklung nicht in Fachzeitschriften oder in der Presse.

Weiterhin gab es dauernd Probleme mit den Behörden. Einige von ihnen waren der Meinung, die Mitarbeiterinnen und Mitarbeiter müssten während der Arbeit freie Sicht nach außen haben. Im Gegensatz dazu waren andere Behörden der Meinung, Jugendliche dürften nicht in die Videothek hineinblicken; das Innere dürfe von außen nicht zu sehen sein.

Um diesen widersprüchlichen Anforderungen zu genügen, dachte Mani sich etwas Neues aus: Er stellte ein Videoregal im Abstand von etwa einem Meter das Schaufenster entlang. Darauf standen nur Kinder- und Zeichentrickfilme. Dadurch wurde die Sicht von außen nach innen versperrt. Die Mitarbeiterinnen und Mitarbeiter hingegen konnten sich vor das Regal stellen und nach außen schauen. Also war der Blick nach außen komplett frei und nicht mehr versperrt.

Mehrere Videotheken haben sich an diesem neuen Konzept orientiert; dadurch wurden die gesetzlichen Vorschriften exakt berücksichtigt.

Durch Manis fortschrittliche Konzepte und Initiativen wurde seine Videothek bald bekannt, und er wurde überall als tüchtiger Geschäftsmann angesehen und respektvoll behandelt und begrüßt. Seine Konkurrenten baten ihn oft um Rat. Verschiedene Videothekunternehmer nahmen sein Konzept auf und folgten ihm.

Ein spezieller Freund von Mani war der Herausgeber der Zeitschrift *Videoplay*. Er bot ständig zahlreiche neue Videokassetten zum Verkauf an, denn für jede Anzeige in seiner Zeitschrift nahm er 50 Prozent in bar und 50 Prozent in Videokassetten. Daher hatte er Hunderte von Originalvideokassetten zum Verkauf. Mani hat sich für diese Videokassetten sehr interessiert, und beim Kauf wurden meist Pauschalpreise vereinbart.

Inzwischen konnte Mani sich finanziell vieles leisten, denn durch seine Einnahmen hat er Geld gespart. Überall, bei jedem Verkaufsunternehmer, war er als zahlungskräftiger Käufer bekannt. Er konnte sich telefonisch bei verschiedenen Herstellern über tausende DM Ware bestellen und bei der nächsten Gelegenheit zahlen. Täglich besuchten ihn Repräsentanten aus dem In- und Ausland oder setzten sich telefonisch mit ihm in Verbindung. Die meisten derartigen Kontakte kamen aus Holland. Täglich erhielt er per Post massenweise Angebote jeglicher Art. Hinzukamen noch täglich unzählige Anrufe von Firmen.

## Kapitel 36: Unterhaltungsautomaten

Eines Tages erschien ein netter, junger Mann unangemeldet in Manis Videothek. Er hatte in seinem Fahrzeug ein Unterhaltungsgerät und stellte sich bei Mani als Besitzer des Unterhaltungsunternehmens GAV vor. Er schlug ihm ein unverbindliches Angebot vor: Er wollte sein Gerät kostenlos für zwei bis drei Monate in der Videothek zur Probe aufstellen. Sollte sich das Gerät lohnen, konnte Mani das es entweder kaufen oder mit der Kondition 50 Prozent zu 50 Prozent weiter betreiben.

Mani reichte sein Verdienst in seiner Videothek völlig aus, er wollte kein zusätzliches Geschäft. Doch der Automatenaufsteller war sehr nett und höflich. Mani schämte sich, ihm eine Absage zu erteilen. Nach dem Motto „Leben und leben lassen" akzeptierte er schließlich das Angebot des jungen Unternehmers, ohne ihm gegenüber irgendeine Verpflichtung einzugehen. Er übernahm von ihm nur das Gerät mit entsprechendem Schlüssel zum Öffnen der Kasse.

Erst nach drei Monaten öffnete Mani das Gerät zum Abrechnen. Er traute sein Augen nicht: Es war überfüllt mit Kleingeld. Er zählte das Geld zusammen: über 2.000,00 DM! Das Gerät war ein überholtes Gerät. Gemäß der Vereinbarung mit dem GAV-Unternehmer durfte Mani es für seine Videothek kaufen. Er informierte sich über die Übernahme: Der Verkaufspreis inklusive Lieferung und Service sollte 1.800,00 DM betragen – ein Freundschaftspreis des GAV-Unternehmers für Mani als Neukunden. Mani akzeptierte den Preis und zahlte unverzüglich. Zusätzlich zu dem Gerät bekam er noch über 2.000,00 DM aus dem Automaten dazu. Das war für ihn ein Bombengeschäft.

Mani begriff endlich, was er durch die Automaten in der Videothek verdienen konnte. Das Geld aus seinem ersten Automaten wollte er nun in weitere Geräte investieren, deshalb besorgte er einen Automaten von dem gleichen Unternehmer. Nun stellte er in seiner Videothek zwei Unterhaltungsautomaten auf. Demgemäß begann seine Investition in Automaten in seiner Videothek mit einem Startkapital von null DM.

Mani war über die Resonanz, welche die Automaten in der Videothek fanden begeistert, und so nahm er sich jetzt vor, das Automatengeschäft für seine Karriere nicht mehr außer Acht zu lassen. Momentan hatte er zwei Automaten zur Verfügung, und beide liefen weiter gut. Alle Gewinne daraus sparte er zunächst, denn er wollte weitere Geschäfte mit den Automaten vornehmen. Durch seine Einnahmen aus den Automaten konnte Mani ein aktuelles, modernes Gerät kaufen: Es handelte sich um das Spiel *Tetris*. Damals war *Tetris* sehr populär. Viele Videothekbesucher spielten gern damit.

Derweil stieg die Zahl der Videokassetten in Manis Videothek drastisch, und er wollte eine weitere Videothek eröffnen. Nach einiger Zeit fand er ein geeignetes Geschäft in Ohlsdorf und richtete dort seine zweite Videothek nach dem Muster der ersten in der Lappenbergsallee ein. Inzwischen hatte er mehr Informationen zur Verfügung und Erfahrungen gewonnen. All dies verwendete er für den Aufbau der neuen Videothek. Er besorgte Leitschienen für die Cover. Jede Kassette hatte ein Cover, das aus Vorder- und Rückseite bestand. Auf der Vorderseite war immer ein großes Bild vom Film abgebildet, und die hintere Seite enthielt Informationen im Sinne einer Filmbeschreibung sowie Angaben über die Hauptdarsteller, den Regisseur, den Produzenten usw. Auf jedem Cover stand nun eine Karte in einer Leitschiene.

Jede Karte wurde in die Leitschiene hineingesteckt, und die Leitschienen wurden systematisch mit der vorderen Seite des Covers verklebt. Für den Verleih musste der Kunde nur die Steckkarte aus dem Cover herausziehen, alle Steckkarten waren mit einer Nummer gekennzeichnet. Anschließend wurde ihm die Kassette zum Verleih ausgeliefert.

Alle Kassetten standen hinter dem Tresen auf Regalen und wurden beim Verleih durch den Mitarbeiter herausgesucht. Zum Schluss bekam das Mitglied seine gewünschte Kassette. Alle Kunden hatten eine Mitgliedskarte mit Mitgliedsnummer. Die Konzeption dieses ausgeklügelten Systems, das Diebstahl praktisch verhinderte, hatte Mani für seine Videothek selbstständig entwickelt und angewendet – seine Kolleginnen und Kollegen haben ihm nie dabei geholfen. Er musste alles selbst konzipieren, durchdenken und praktisch umsetzen.

## Kapitel 37: Großunternehmer Firma O.

Während seiner Einkäufe bei dem Großhandelsunternehmen Firma O. wurde Mani um mehrere tausend DM betrogen. Diese Geschichte begann folgendermaßen: Mani kontrollierte nie nachträglich seine Rechnungen, denn er vertraute dem Mitarbeiter jedes Unternehmers blind. Alle Rechnungen sahen korrekt aus. Einmal jedoch fiel ihm auf, dass der Preis einer Filmkassette über 100,00 DM zu viel berechnet worden war, denn der ausgeschilderte Preis auf der Kassette war um diesen Betrag niedriger als in der Abrechnung.

Da Mani die Rechnung in bar bezahlt hatte, wollte er sein überhöht bezahltes Geld nun auch in bar zurückbekommen, doch der Verantwortliche wollte ihm nur eine Gutschrift zur Verfügung stellen. Mani wollte das nicht akzeptieren. Er fühlte sich um die 100,00 DM betrogen. Der Besitzer des Unternehmers argumentierte so, dass er nur eine Gutschrift bekommen könne, weil bei der Abrechnung in der Tageskasse sonst 100,00 DM fehlen wurde. Mani wollte sein Geld unbedingt zurück. Nachdem die letzten Rechnungen der Firma ihm suspekt vorkamen, begann er damit, die gesamten Rechnungen der Firma O. aus der Vergangenheit unter die Lupe zu nehmen. Das Ergebnis: Er stellte fest, dass er in den letzten Monaten mehrere tausend DM zu viel an diese Firma gezahlt hatte.

Er traf sich mit dem Besitzer der Firma O., um ihn zur Rede zu stellen. Er meinte, er könne Mani sein Geld leider nicht zurückzahlen, denn die Zeit für die Reklamation ausgestellter Rechnungen sei abgelaufen. Mani sagte ihm daraufhin deutlich, dass es sich seiner Meinung nach hier um Betrug und Manipulation handele. Er wolle sein widerrechtlich bezahltes Geld unbedingt zurück. Daraufhin wurde Mani als unerwünschter Gast aus dem Laden gewiesen.

Über diese Art von frechem Schwindel und Manipulation war Mani tief verletzt und beleidigt. Er nahm sich vor, irgendwann in der Zukunft seine berechtigte Forderung gegenüber der Firma O. auszugleichen und wartete nun geduldig auf eine passende Angelegenheit, um seine Forderung durchzusetzen.

Die Firma O. gründete kurz darauf eine neue Videothek im Grandweg Ecke Troplowitzstraße, und dort wurde gleichzeitig ein großes Gewerbeobjekt zur Vermietung frei, das in unmittelbare Nähe des SKY-Marktes lag. Direkt gegenüber befand sich die Polizeirevierwache 23. Bei seiner Suche nach einem Standort für seine inzwischen geplante dritte Videothek nahm Mani dieses Objekt ins Visier, um seine alte Rechnung mit der Firma O. zu begleichen. Daher interessierte er sich für das Objekt in der Troplowitzstraße.

## Kapitel 38: Die dritte Videothek in der Troplowitzstraße

Mani mietete den Gewerberaum in der Troplowitzstraße für seine dritte Videothek. Nach kurzer Zeit wurde der Mietvertrag mit dem Besitzer für zehn Jahre abgeschlossen. Mani richtete die neue Videothek wieder komplett nach dem gleichem System ein wie seine beiden anderen Videotheken.

Nun drohte die Firma O. Mani mit einer Anzeige und mit Schadensersatzforderungen, denn er hatte seine Videothek in unmittelbarer Nähe der bestehenden Videothek der Firma O. eröffnet. Nach dem Gesetz musste die Entfernung einer neuen Videothek zu einer bestehenden in der gleichen Straße mindestens fünfzehn Meter betragen. Hier betrug der Abstand der Videothek von Mani zu der Videothek der Firma O. über dreißig Meter, also die doppelte Entfernung. Außerdem lag Manis Videothek auf einer anderen Straßenseite und trug einen anderen Straßennamen, daher war der Vorwurf gegenstandslos.

Manis Videotheken waren durch ihre geschickte Preispolitik inzwischen überall bekannt. Nach der Eröffnung war die Hölle los. Die Gesamtfläche der Videothek betrug über 220 Quadratmeter, ein großer Raum mit großem Schaufenster entlang des Geschäftes. Innen befand sich ein langer Tresen entlang des Schaufensters, und hinter ihm standen die Kassetten zum Verleih. Alle Cover und die entsprechenden Filme standen auf Stehregalen in dem großen Raum.

Die meisten Videokassetten besorgte Mani von dem *Videoplay*-Besitzer Rüdiger Schrader. Schrader war ein netter, sympathischer

Mann mit gutem Charakter. Mani machte mit ihm verschiedene Geschäfte in Bezug auf Videokassetten. Alles zwischen ihm und Schrader lief auf gegenseitiger Vertrauensbasis. Leider existiert die beliebte Zeitschrift *Videoplay* von Herrn Schrader nicht mehr auf dem Markt.

Nach wenigen Wochen geriet die Videothek des Großunternehmers Firma O. durch die Eröffnung der Videothek von Mani in die Insolvenz. Kurz zuvor hatte die Firma zweimal mehrere hundert DM an Mani überwiesen – offenbar, um den Betrug aus der Vergangenheit wieder auszugleichen. Dennoch wagte Mani es nicht mehr, die Räume der Firma O. zu betreten, denn die gegenseitige Beziehung war tief angeschlagen. Dadurch waren alle Wege für weitere Geschäftsverbindungen beschädigt.

In der Ausgabe einer Szenezeitung von Anfang Februar 1987 und in anderen Hamburger Zeitungen wurde damals ausführlich über den Sieg eines iranischen Geschäftsmanns gegen die Videothek der Firma O. berichtet. Mani hatte mit keinem Reporter über seine Differenzen mit der Firma O. gesprochen, denn er fühlte sich durch die Firma O. noch immer gekränkt. Seine Ehre war durch das Hausverbot der Firma O. verletzt worden.

## Kapitel 39: Erfahrungen und Erlebnisse

Als Iraner war Mani sehr emotional. Er ist heute ebenso wie früher, in seiner Kindheit, ein sehr empfindlicher Mensch, in allen Beziehungen. Seine Empfindlichkeit tut ihm oft persönlich sehr weh, denn Mani kann nicht aus seiner Haut. Als kleines Kind hatte er unter den fatalen Umständen seiner Kindheit sehr leiden müssen, und daher war er nicht in der Lage, eine ähnliche Situation noch einmal zu akzeptieren. Daher hatte der Unternehmer der Firma O. keine Chancen gegen ihn, denn Mani war ein erfahrener, talentierter Geschäftsmann. Durch seine kluge Taktik beherrschte er den Videomarkt. Dadurch hat er viele Hindernisse besiegt und beseitigt. Er war eine intellektuelle Persönlichkeit voller Energie. Für seine Ziele hat Mani sich von Anfang an entschlossen motiviert, und nie hat er an ihnen gezweifelt. Er riskierte viel, ohne Angst zu haben. Für ihn zählte nur ein ehrenhafter Sieg mit Ehre und Würde. Er kämpfte für seine Ziele, und wenn er trotz seiner Bemühungen einmal verlor, verlor er doch nie den Mut. Immer zählten für ihn seine tüchtigen Leistungen, denn wenn er trotz aller Bemühungen einmal keinen Erfolg hatte, fühlte er sich innerlich dennoch als Sieger.

Mani war durch seine Leistungen innerlich zufrieden. Jeder Misserfolg war ihm eine Lehre für den Aufbau seiner Zukunft. Dabei war Mani kein gelernter Kaufmann; er hatte nie eine kaufmännische Lehre absolviert. Trotzdem beherrschte er bald alle kaufmännischen Dinge. Gab es Probleme mit seiner Arbeit oder bei der Erreichung seiner Ziele, hat er sich über sie bei der zuständigen Stelle bis zum letzten Detail informiert.

Im Gegensatz zu Mani hatte Christel eine kaufmännische Lehre absolviert, trotzdem interessierte sie sich nicht für die kaufmännischen Angelegenheiten in der Videothek.

Nach der Übernahme der ersten Videothek in der Lappenbergsallee erlebte Mani einige skurrile Situationen. Kurz nach ihrer Eröffnung kam es zu einer peinlichen Angelegenheit. Damals, im ersten Monat seiner Selbständigkeit, arbeitete Mani noch nach dem System seines Vorbesitzers. Danach musste jedes Mitglied das Cover der gewünschten Kassette aussuchen und persönlich zum Tresen bringen. Dadurch konnten alle Anwesenden in der Videothek beobachten, welche Kassetten ein Mitglied ausleihen wollte.

Eines Tages wollte ein Kunde zwei Videokassetten ausleihen. Es handelte sich um einen Spielfilm und einen Sexfilm. Der Kunde hatte die beiden Cover der Kassetten zum Verleih in der Hand. Plötzlich tauchte eine Arbeitskollegin von ihm auf und fragte ihn spöttisch: „Ach, Herr....? Sind Sie inzwischen geschieden und haben keine Frau mehr zur Verfügung? Deswegen leihen sie sich wohl solche Pornofilme!"

Die peinliche Bemerkung war dem Kunden sehr unangenehm, er wurde kreideweiß. Danach hat die Frau sich noch über vierzig Minuten in der Videothek aufgehalten – sie wollte offenbar sicher sein, dass ihr Kollege den Laden verlassen hatte. Als er weg war, wollte sie sich auch einen Spielfilm und einen Sexfilm ausleihen. Als sie die beiden Cover zum Verleih in der Hand hatte, tauchte plötzlich aus heiterem Himmel wieder ihr Kollege auf, und diesmal sagte er ironisch zu ihr:

„Ach Frau .....? Sind Sie auch inzwischen geschieden und brauchen ein Sexfilm?"

In diesem Moment entschloss Mani sich, ein System zum Verleih in der Videothek zu entwickeln, das Anonymität garantierte. Alle Cover wurden dazu, wie schon beschrieben, mit einer Leitschiene und einer Steckkarte versehen und durchnummeriert. Beim Verleih wurde dann nur die Steckkarte von der Leitschiene genommen und zum Verleih vorgezeigt. Das Mitglied musste also nie das Cover zum Verleih vorweisen, sondern man reichte nur die nummerierte Steckkarte ein. Schließlich wollten alle Kunden anonym bleiben. Es gab auch viele Mitglieder, die beim Ausleihen eines Sexfilms zusätzlich einen Spielfilm mitnahmen – dadurch wollten sie den Sexfilm vor der eigenen Familie versteckt halten.

Oft kamen Nachbarn aus dem gleichen Haus im Bademantel zum Ausleihen eines Sexfilm in die Videothek. Ein junges Mädchen lieh sich gelegentlich einen Sexfilm nur für einige Minuten aus; oft kam sie sogar im Bademantel in die Videothek. Nach einer halben Stunde hat sie den Film dann zurückgebracht. Dies alles blieb natürlich Geschäftsgeheimnis und wurde diskret behandelt. Nie wurde anderen Personen irgendeine Auskunft über den Verleih eines Filmes mitgeteilt. Mit Blick auf den Datenschutz sowie aus Sicherheitsgründen wurden alle Dateien über die Mitglieder strikt geheim gehalten.

Da Mani das Geschäft mit den Videotheken nun souverän beherrschte, beabsichtigte er, weitere Videotheken zu gründen. Im Gegensatz zu seinem Vorbesitzer in der Lappenbergsallee hatte er unverzüglich überall ein modernes, effizientes System eingeführt. Später wurden alle Filme und Mitglieder sogar per Computer erfasst.

Mani beauftragte inzwischen verschiedene Personen mit der Suche nach geeigneten Plätzen für weitere Videotheken. Sie wurde ununterbrochen fortgesetzt. Es gab Geschäfte in allen Stadtteilen Hamburgs, und so erstreckte sich die Suche vom Norden bis zum Süden und vom Westen bis zum Osten der Stadt. Es gab zahlreiche Angebote und Vorschläge.

Der Geschäftsführer von Mani hieß Herr Wagner. Er suchte tüchtig weitere Lokalitäten für seinen Chef. Alle Angebote wurden von Mani akribisch überprüft und gecheckt. Mani wollte unbedingt eine große Filiale in Hamburg eröffnen. In unmittelbarer Nähe seiner ersten Videothek in der Lappenbergsallee wurde damals ein neues Gebäude mit zahlreichen Geschäften gebaut. Es lag in der Fruchtallee Nr. 123. Diese Straße war nur etwa zwei Kilometer entfernt von seiner ersten Videothek in der Lappenbergsallee. Mani musste allerdings über zwei Monate abwarten, bis das Objekt gebaut wurde.

**Kapitel 40: Die Videothek in der Fruchtallee**

Die Fläche des Objektes betrug über 400 Quadratmeter, und Mani hat es sofort für seine vierte Videothek reserviert. Nach seinen Wünschen wurden einige Änderungen in dem neuen Objekt durchgeführt und umgesetzt. Mani sprach nur mit seinem Freund Spiro über die Eröffnung seiner vierten Videothek in der Fruchtallee, doch nach kurzer Zeit hat Spiro genau gegenüber der zukünftigen Videothek von Mani in der Fruchtallee eine Videothek für sich. Er hat wohl vermutet, dass, wenn er eine Videothek in der Fruchtallee eröffnet, Mani keine neue Filiale mehr in der gleichen Straße eröffnen würde, doch Mani konnte sein Objekt in der Fruchtallee nicht mehr kündigen, denn er hatte mit dem Eigentümer eine feste Abmachung zur Übernahme seines Geschäftes im Voraus vereinbart. Nicht zuletzt hatte Mani einige zusätzliche Umbauten in dem Objekt in Auftrag gegeben. Nach dem Gesetz durfte er den Vertrag in der Fruchtallee nicht mehr kündigen. Die Monatsmiete betrug über 6.800,00 DM, und bei Vertragsabbruch hatte der Eigentümer Anspruch auf mindestens eine Jahresmiete. Der Gesamtschaden mit Anwalts- und Gerichtskosten hätte vermutlich über 100.000,00 DM oder sogar mehr betragen, und so musste Mani das Objekt unbedingt übernehmen.

Spiro war über den Vertrag nicht sehr glücklich, doch seine Unzufriedenheit war unbegründet: Schließlich war er über die Übernahme dieses Objektes rechtzeitig im Voraus von Mani informiert worden. Doch die Situation war für beide Geschäftsfreunde nicht schwerwiegend, und deswegen gab es zwischen ihnen keine gravierenden Probleme.

Nach einigen Wochen wurde das Objekt in der Fruchtallee ordnungsgemäß abgeschlossen, und Mani bestellte unverzüglich die notwendigen Materialen für die Regale sowie andere Einrichtungen vor. Die Lieferung wurde rechtzeitig durchgeführt. Über zwanzig Handwerker und Spezialisten waren mit dem Aufbau der Regale und der Inneneinrichtungen in der Videothek beschäftigt, und innerhalb eines Monates wurden die Einrichtungen fertiggestellt. Die vierte Videothek von Mani nannte er *Videothek 44*, und im Wochenblatt erschien auf der Titelseite die Schlagzeile *4X Video44 in Hamburg Eimsbüttel wurde geöffnet*.

Viele neugierige Mitglieder sowie Nachbarn und Freunde besuchten die neue Videothek in der Fruchtallee mit Begeisterung. Im Empfangsraum waren zwei große Billardtische mit Unterhaltungsautomaten aufgestellt. Die Öffnungszeiten waren großzügig: von Montag bis Samstag von 10:00 bis 22:00 Uhr. Es wurde in zwei Schichten gearbeitet, und in jeder Schicht waren vier bis sechs Mitarbeiter beschäftigt. Aufgrund der Anzahl der Besucher waren am Wochenende mehr Mitarbeiterinnen und Mitarbeiter beschäftigt als während der Woche. Insgesamt arbeiteten über dreißig Leute in der neuen großen Videothek.

Mani und seine Frau Christel waren Tag und Nacht per Telefon mit Anrufbeantworter zu erreichen. Auch der Geschäftsführer, Herr Wagner, war ständig einsatzbereit. Er war zuverlässig und hilfsbereit und hat mehrere Jahre lang große Dienste für Mani und seine Geschäfte geleistet.

**Kapitel 41: Einbrüche**

Einmal verübte ein Täter auf die Videothek bei der Alsterdorfer Straße einen bewaffneten Überfall. Dabei bedrohte er mit seiner Waffe die Aufsicht, Frau Höppner, und raubte die Kasse aus. Kurz zuvor allerdings war der gesamte Kassenbestand durch Christel geleert worden, und daher befanden sich nur etwa hundert Mark Wechselgeld in der Kasse. Laut der Polizei hatte der gleiche Täter in einer anderen Videothek einen bewaffneten Überfall verübt. Diesmal hatte er Pech!

Ein anderes Mal drangen Einbrecher in die Videothek in der Troplowitzstraße Nr. 6 ein: Erst sägten sie das hintere Fenstergitter ab, dann schlugen sie die Fensterscheibe ein und drangen in die Videothek ein. Bei diesem Einbruch wurde der gesamte Tagesumsatz von über 4.400,00 DM aus der Kasse geraubt. Die Vorderseite der Videothek und der Videothekraum waren mit Alarm gesichert, nur die hintere Wandseite war mit einem Fenstergitter gesichert. Die Diebe mussten über das System in der Videothek informiert gewesen sein.

Der Videothek gegenüber auf der anderen Straßenseite stand die Polizeirevierwache 23, doch weder der zuständige private Wachdienst für die Videothek noch die Polizei hörten die Alarmsirene. Die Täter wurden nie gefunden.

Ein anderes Mal erschien ein Trickdieb in der Videothek. Er ging zur diensthabenden Aufsicht und behauptete, er sei ein Dienstbote. Er sei im Auftrag des Chef damit beauftragt worden, einige Kassetten für andere Filiale mitzunehmen, und der Auftrag sollte unverzüglich durchgeführt werden. Die Angestellte rief Mani an, doch nach einmal Klingeln legte sie schon wieder auf. Der raffinierte „Bote" hatte es angeblich sehr eilig – und suchte über zwölf Kassetten aus und nahm sie mit. Weder sein Name noch sein Dienstausweis wurde durch die Mitarbeiterin kontrolliert. Die Dame war eine neue Mitarbeiterin und hatte keine Erfahrung in solchen üblen Angelegenheiten.

Nach dieser Tat versprach sie Mani, sie würde nie wieder einen ähnlichen Fehler begehen.

Da alle Kassetten der Videothek, wie oben beschrieben, gestanzt und versiegelt waren, hat der Täter später alle zwölf Kassetten nach und nach in den Briefkasten vor der Videothek geworfen. Denn er konnte die Kassetten weder verkaufen noch für irgendwelche legalen Zwecke verwenden. Außerdem wären sie bei einer eventuellen Polizeikontrolle konfisziert worden, und es wäre zu einer Anzeige beim Staatsanwalt gekommen. Praktisch waren alle Kassetten so wie gestohlene Ware registriert, denn auf jede Kassette war der Name *Videothek 44*, die Telefonnummer und die Adresse des Eigentümers eingeprägt.

Der Trickdieb hatte mit diesen Sicherheitsmaßnahmen nicht gerechnet, und daher musste er die Kassetten wieder loswerden. Der beste Platz dafür war der Briefkasten der Videothek. Dadurch hat er seine Tat nachträglich sozusagen zurückgenommen. Er wurde nicht angezeigt und nicht zur Rechenschaft gezogen. Irgendwann meldete er sich telefonisch bei Mani und entschuldigte sich bei ihm für seine üble Tat. Er gab seinen wirklichen Namen natürlich nicht bekannt, sondern meldete sich als Antonio. Nach seiner Angabe war er ein Italiener aus Sizilien. Mani hat ihm verziehen, denn schließlich hat er seinen Fehler wiedergutgemacht und die gestohlenen Kassetten zurückgebracht. Nach dem Motto: Ende gut, alles gut!

Mani hatte immer ein gutes Herz anderen Menschen gegenüber. Er war der Meinung, dass jeder Mensch einmal einen Fehler macht und man ihm die Chance geben muss, sich zu bessern. Ausgenommen sind natürlich Menschen, die unverbesserlich sind. Dies betrifft aber nur wenige Zeitgenossen.

Die Geschäfte liefen trotz dieser Zwischenfälle gut, doch sowohl Mani als auch seinen Kollegen war klar, dass der Videoboom auf dem Markt nicht ewig anhalten würde. Man musste also rechtzeitig ein anderes Geschäft planen.

(Unten im Bild ein Ausschnitt der bekannten Zeitung *Basses Blatt* in Sievershütten für Publicity. Auf dem Bild das Ehepartner Christel und Massoud Pourbaghai mit dem Kind Marcel im Alter von vier Jahren (nicht, wie falsch gedruckt, sieben Jahre).

Die Presse in Sievershütten veröffentlichte diesen Artikel mit dem Bild von der Übernahme der Spielothek in Sievershütten unter der Leitung der Ehepartner Diplom-Geologe Massoud Pourbaghai und Christel Greve-Pourbaghai für Publicity.

## Kapitel 42: Der Billardclub

Wegen der Sicherheit seiner Familie setzte Mani sich wieder mit seinem Immobilienmakler, der Firma Sonntag, in Verbindung und befragte sie über neue Geschäftsmöglichkeiten. Zufällig war ein geeignetes Objekt in Sievershütten zu vergeben. Sievershütten liegt im nördlichen Teil von Hamburg, und die Entfernung von der Stadt bis dorthin beträgt über dreißig Kilometer. Dort war ein Billardclub mit Spielautomaten zu vergeben.

Mani hatte keine Ahnung vom Betreiben eines Billardclubs, doch er nahm das angebotene Geschäft in Sievershütten neugierig ins Visier. Es handelte sich um ein ruhiges Geschäft, bestehend aus einigen Billardspielern mit zwei Billardtischen. Der Laden war komplett bezugsfertig. Es gab einen Aufsichtsraum mit einem Tresor. Für die Bedienung benötigte der Billardclub nur einen einzigen Mitarbeiter, und die Miete betrug 12.300,00 DM inclusive. Der Kaufpreis des Inventars beinhaltete nur die Werte der einzelnen Geräte im Club.

Mani übernahm alle Geräte und bezahlte den kompletten Preis sofort in bar. Nun besaß er vier Videotheken in Hamburg und einen Billardclub in Sievershütten. Mit Hilfe seiner Frau konnte er alle Geschäfte weiterführen. Das Ehepaar war sehr tüchtig und versiert im Betreiben ihrer Geschäfte von Hamburg bis Sievershütten. Mani hat alle Geschäfte komplett unter eigener Regie erfolgreich durchgeführt und wurde dabei tatkräftig durch Christel unterstützt. Im Gegensatz zu Mani war sie nicht in der Lage, Geschäfte allein durchzuführen. Mani hingegen fühlte sich imstande, noch mindestens weitere zwanzig Geschäfte zusätzlich zu betreiben. Wenn man so viele Geschäfte besitzt, ist dies nicht so leicht, wie man es sich vorstellen mag. Dafür braucht man Mut und persönliche Überzeugungen. Auf jeden Fall muss man für die Übernahme so vieler Läden talentiert und versiert sein. Mani besaß alle erforderlichen Voraussetzungen: Er hatte ein Talent zum Führen und war gut vorbereitet. In seiner Jugendzeit war er oft einstimmig zur Führung einer Gruppe ausgewählt worden. Nicht zuletzt hatte er damals ja auch die Erziehung seiner jüngeren Schwester übernommen, denn sein Vater war ständig auf Dienstreisen und seine Mutter mit eigenen Probleme belastet. Den Geschwistern fehlte nicht nur die Mutter, sondern auch der Vater als Vorbild für die Erziehung. Als kleiner Junge hatte Mani keine erzieherische Erfahrung, daher hat er sich seiner Schwester gegenüber oft sehr hart verhalten. Heute verhält er sich anderes, und er versuchte, sich bei seiner Schwester nachträglich zu entschuldigen. Doch was in der Vergangenheit geschehen ist, kann er nicht rückgängig machen. Nur die Erinnerungen an die damalige Zeit tun ihm oft weh. Weder Mani noch Heide hatten echte Mutterliebe bekommen. Soweit er konnte, versuchte Mani seiner Schwester als Erwachsene zu helfen, denn sie hatte zusätzlich ein bitteres, hartes Schicksal erlebt.

Heide hatte keine glückliche Ehe. Sie scheiterte wegen einer anderen Frau; außerdem starb ihr kleiner Sohn Shahriar in jungen Jahren. Er bekam plötzlich einen Herzinfarkt und verlor dadurch sein Leben. Fast wöchentlich trauert sie um den Tod ihres Sohnes. Nach dem Unglück hatte sie in den ersten drei Wochen ständig herzzerreißend geweint, wurde ständig von Weinkrämpfen überfallen. Deshalb musste sie Tag und Nacht zu Hause psychologisch betreut werden.

Zurzeit ist niemand in der Lage, sie von ihrer Qual zu befreien. Nie wird sie sich wegen des Todes ihres Kindes Shahriar wirklich beruhigen. Heide ist in der Familie bekannt als eine sehr empfindliche Frau. Ihre Mutterliebe zu ihrem verstorbenen Sohn ist außerordentlich hoch. Dementsprechend sind im Laufe der Zeit ihre Gefühle ihrem Sohn gegenüber eher noch gestiegen. Wenn sie sich äußerlich ruhig verhält, brennt sie innerlich. Sie ist nicht mehr in der Lage, einen Blick auf das Bild ihres Kindes zu werfen. Es ist unglaublich, aber wahr: Sie wird wohl niemals in ihrem Leben wieder glücklich werden.

Manchmal weint Mani innerlich für seine Schwester. Frauen haben es im Iran nicht leicht. Doch alle Menschen dort leiden wegen der wirtschaftlichen Sanktionen gegen die Regierung. In streng islamischen Ländern wie dem Iran werden die Frauen am meisten unterdrückt. Sie erben fünfzig Prozent weniger als die Männer, und die Stimme einer Frau als Zeugin zählt im Iran nur zur Hälfte. Demgemäß zählen die Stimme von zwei Frauen zusammen im Gericht wie die Stimme eines Mannes.

Leider unterstützen viele europäische Länder die iranische Regierung, denn viele Regierungen im Ausland haben ein wirtschaftliches Interesse an ihr. Die Frauen und die Freiheit des iranischen Volkes werden wegen der wirtschaftlichen Interessen vernachlässigt.

Dennoch geht der Kampf des iranischen Volkes weiter. Alle Iraner wissen, dass viele europäische Länder versuchen, die iranische Regierung zu unterstützen. Deshalb bekommt das iranische Volk keine internationale Unterstützung für demokratische Fortschritte. Für die Freiheit des Volkes wird dringend internationale Solidarität benötigt, doch viele Menschen in Europa denken nur an den eigenen Vorteil. Sie trauen mehr der iranischen Regierung als dem iranischen Volk. Doch die Unterstützung der iranischen Regierung ist wie ein Eigentor. Die iranische Regierung verpulvert das Vermögen des Volkes für eigene Interessen, um die religiöse Herrschaft in der Welt zu erringen. Ein großer Teil des iranischen Vermögens wird für terroristische Ideen verwendet, und der Rest wird für das Waffenarsenal und für Drogengeschäfte ausgegeben. Dadurch wird versucht, weitere Länder zu unterdrücken. Die Regierung im Iran versucht durch eine diktatorische Herrschaft die Verbreitung des Islams in der ganzen Welt. Das haben sie zuerst vor über 1.400 Jahre in Iran praktiziert. Wer damals nicht Moslem werden wollte, wurde geköpft. Die Anzahl der Toten wird auf einige Hunderttausende geschätzt. Genauso versuchen die Mullahs noch heute, das islamische Recht nach der Scharia weltweit durchzusetzen. Wer dagegen verstößt, wird liquidiert und hingerichtet. Die Mullahs verstehen sich als einzige berechtigte Repräsentanten Gottes auf Erden. Jeder ist verpflichtet, zu tun, was sie befehlen. Bei Verstößen gegen die Religion wird jeder, wie in Saudi-Arabien, geköpft und Hände und Füße werden ihm abgehackt. Menschen werden beim Verstoß gegen die islamischen Regeln verhaftet oder gepeitscht bzw. gesteinigt. Alle Frauen müssen mit Kopftuch verhüllt sein, und die Töchter bekommen nur das halbe Erbe von den Söhnen.

Ähnliche Gesetze werden seit vierzig Jahren nach dem Sturz des Schahs im Iran praktiziert. Am Ende möchte die iranische Regierung das Scharia-Gesetz in den europäischen Ländern und in allen Ländern auf der Erde durchsetzen. In diesem Zusammenhang werden sogar Kulturdenkmäler zerstört, wie durch die Taliban in Afghanistan. Männer dürfen mehrere Frauen heiraten. Sie dürfen die eigenen Frauen sogar prügeln und zum Sex zwingen. Es gibt tausende unangenehme Regeln wie die Ayatollahs (Zeichen des Gottes) die Herrschaft im Iran vollstrecken. Seit vierzig Jahren leiden Millionen von Iranern mit Millionen von Toten und Verletzen unter den grausamen Regeln der Diktatoren. Jetzt sollen die Europäer und die anderen zivilisierten Länder endgültig erfahren, was sie von einer Unterstützung der iranischen Regierung zu erwarten haben: Praktisch züchten sie mit der iranischen Regierung eine giftige Schlange im eigenen Ärmel und im eigenen Körper und in der eigenen Seele heran. Mit diesem System wurde das iranische Volk vor vierzig Jahren verführt und hereingelegt. Heute möchten sich alle Iranerinnen und Iraner von der Herrschaft des Ajatollahs (Zeichen des Gottes) befreien. Aus menschlicher Sicht wird jede Unterstützung für das iranische Volk dringend empfohlen!

Doch zurück zu Manis Geschichte: Seine Videotheken florierten bis etwa Ende 1990; danach ließen die Einnahmen allmählich nach. Mani stellte, wie erzählt, neue Investitionschancen in Bezug auf die Übernahme einer Spielothek mit Billardclub in Sievershütten fest, doch solche Geschäfte machten ihn nicht glücklich. Als Notsituation musste er sich mit solchen Alternativen beschäftigen. Später wurde direkt im Bahnhof Wedel eine Spielothek zum Verkauf angeboten. Es handelte sich um die Roland Restaurations GmbH. Die Miete betrug 11.500,00 DM.

In der Spielothek befanden sich sechs Billardtische und zahlreiche Spielautomaten. Am Anfang liefen die Spielotheken sehr gut, belastend war nur die Höhe der Miete. Später geriet der Eigentümer, der Unternehmer Roland Ernst, in die Insolvenz. Die Miete wurde nicht mehr reduziert.

Die Fahrt von Hamburg nach Wedel und nach Sievershütten dauerte lange, von Wedel nach Sievershütten bei Feierabendverkehr zwischen zwei und drei Stunden. Für den Betrieb der Spielotheken benötigte Mani für jede Schicht Personal. Im Gegensatz zu den Spielotheken brauchte er mehrere Personen für die gleiche Zeit in jeder Videothek, denn für das Betreiben einer Spielothek benötigt man generell nur eine einzige Person pro Schicht. Hinzukamen die Einkäufe für Spielgeräte und die Monatsmieten. Die Gesamtkosten in der Spielothek waren viel zu hoch. Hinzukam jeden Monat mehrere tausend DM Vergnügungssteuer zuzüglich Umsatzsteuer.

Insgesamt zahlte Mani monatlich viel Geld für Mieten sowie für Vergnügungssteuer und Umsatzsteuer an das Finanzamt. Außerdem erwarteten die Kunden neue Geräte, und alte gingen kaputt: Ein Spielothekar muss praktisch jeden Monat mindestens zwei bis drei neue Geräte kaufen, und jedes Gerät kostet mehrere tausend DM (bzw. später mehrere tausend Euro). Waren die Geschäfte dauernd in Betrieb, kam man irgendwie zu recht. Nur gab es oft mehrere Tage lang keinen einzigen Besucher.

Hinzukamen Manipulationen der Geldautomaten. Manchmal, wenn man kurz an einem anderen Ort war, wurden die Automaten durch Spezialisten manipuliert und ihr Bestand geleert. Mani war machtlos gegen solche Manipulationen und Diebstähle. Trotz der Videoüberwachung war es unmöglich, alles zu identifizieren.

Einmal wurden in Sievershütten alle Geräte mit der Axt demoliert und ausgeraubt. Der Dieb wurde identifiziert: Er war arbeitslos und hatte kein Vermögen. Der Schaden betrug über mehrere tausend DM, und der Täter verweigerte die Aussage. Nach dem Gesetz muss die Tat ihm nachgewiesen werden – vor allem muss man ihm nachweisen, dass er die Tat allein, ohne Komplizen, begangen hat. Für jede Anzeige musste Mani Anwalts- und Gerichtskosten zahlen, denn meist waren die Täter Sozialhilfeempfänger und arm. Es war weit und breit vom

Täter nichts zu holen. Und eine Gefängnisstrafe machte den meisten Tätern nichts mehr aus.

Mani hatte damals einen Rottweiler als Wachhund: Billy. Deshalb wurde er kaum bedroht, weil Billy Tag und Nacht auf ihn aufpasste. Der Hund war für ihn wie ein Kind. Mani wurde durch ihn an Leib und Seele geschützt. Nachts war es in Sievershütten sehr ruhig. Es gab dort weit und breit keinen Menschen zu sehen und zu hören. Es mag überraschen, aber die meisten Einbrüche und Diebstähle wurden durch vertraute Kundinnen und Kunden begangen – und durch die Mitarbeiterinnen und Mitarbeiter.

**Kapitel 43: Eindringlinge**

In der ersten Woche in der Spielothek in Wedel-Bahnhof erschien plötzlich ein kranker Mann in den Ladenräumen. Er bat um sofortige ärztliche Nothilfe und wollte dringend ins Krankenhaus eingeliefert werden. Danach fiel er zu Boden.

Mani war in der Spielothek. Es sah so aus, als wäre der alte Mann bewusstlos oder sogar tot. Mani ging es plötzlich sehr schlecht. Der Mann lag auf dem Fußboden. Er bewegte sich nicht mehr. Mani dachte, er sei tatsächlich gestorben und bestellte mit zitternder Stimme einen Krankenwagen. Er bebte am ganzen Leib. Er konnte einen Toten in seinem Geschäft nicht verkraften.

Bis der Krankenwagen kam, dauerte es einige Minuten, und Mani wurde mit jeder Sekunde unruhiger. Ein Toter in seinem Geschäft, das war weder ein guter Anfang noch ein Glück! Er wagte es nicht, dem Verletzten zu nahe zu kommen. Er dachte darüber nach, wie schnell er sein Geschäft wieder aufgeben konnte, und danach würde er auf jeden Fall nie wieder solche Geschäfte weiterführen. Die Zeit verging sehr langsam. Beinahe wäre Mani auch zu Boden gefallen. Er setzte sich auf einen Sessel und trank ein Glas Wasser zu Beruhigung. Von seinem Monitor aus beobachtete er, dass die Krankenhelfer vor der Tür standen. Sie waren mit einer Trage gekommen. Ein Träger trug die vordere Seite, der andere die hintere.

Beim Betreten der Halle fragten die Helfer Mani sofort, wo die verletzte Person sei. Mani zeigte ihnen, wo der Mann auf dem Boden lag. Als die Helfer ihn sahen, sagten sie: „Ach, der Simulant ist wieder aufgetaucht!" Damit drehten sie sich um und wollten sofort wieder gehen.

Plötzlich stand der angebliche Tote blitzartig auf und lief den Helfern hinterher. Er schrie sie an: „Ihr Herzlosen, warum nehmt ihr mich nicht mit? Draußen ist es nass und saukalt zum Schlafen!"

Die Helfer verschwanden ohne eine Antwort. Mani war verblüfft über den Trick des Obdachlosen. Der freche Mann wollte ihn nun als Zeuge gewinnen, um die Krankenhelfer anzuzeigen. Mani musste diesen Wunsch ablehnen. Der Mann bat Mani um Arbeit. Mani sagte ihm: „Leider habe ich momentan keine besondere Arbeit für dich. Du könntest höchstens die Fensterscheiben putzen und dir dabei fünfzehn Mark pro Stunde verdienen."

Der Obdachlose antwortete, dass er solche Arbeiten nicht tun möchte. Mani fragte ihn: „Warum denn nicht?"

„So eine Arbeit ist unter meiner Würde. Denn wenn jemand mich bei einer solchen Arbeit beobachtet, wird meine Ehre verletzt!"

Er wollte fünfzehn Mark nur als Geschenk haben. Er wollte Geld bekommen, ohne irgendeine Arbeit dafür zu leisten. Mani war über seine Meinung empört und erstaunt. Der Mann war auf keinen Fall hilfewürdig. Er war ein fauler Mensch. Er wollte einige Zeit im Krankenhaus mit kostenloser Verpflegung verbringen. Eine solche Frechheit hatte Mani noch nie in seinem Leben erlebt. Sein Rottweiler Billy stellte sich als Beschützer vor ihn. Mani war wieder einmal stolz auf seinen Hund.

Am Wochenende darauf, kurz vor Geschäftsschluss, tauchte der Mann wieder in der Spielhalle auf. Mani war gerade dabei, das Licht auszuschalten und die Türen zu verschließen. Zum Schluss musste er den Alarm aktivieren, und nach der Aktivierung mussten die Räumlichkeiten innerhalb von zwei bis drei Minuten verlassen werden.

Mani bat den Mann, die Räumlichkeiten zu verlassen.

Der Mann antwortete ihm, dass er die Spielhalle nicht verlassen wolle.

Mani erklärte ihm, dass vor der Aktivierung des Alarms kein Mensch in der Spielhalle anwesend sein durfte, sonst würde die Alarmsirene läuten.

Der obdachlose Mann antwortete: „Als Deutscher habe ich das Recht, in der Spielhalle zu bleiben. Du bist Ausländer, und du musst die Spielhalle und anschließend mein Land verlassen! Ich bleibe in der Spielothek, so lange ich will!"

Anschließend öffnete er die Ausgangstür und stand vor der geöffneten Tür zur Spielhalle. Er forderte Mani auf, die Spielhalle zu verlassen.

Mani sagte ihm: „Bitte verlassen Sie meine Spielhalle, ansonsten bin ich gezwungen, die Polizei zur Hilfe zu holen."

Mani ging zum Telefon, um die Wache anzurufen. Der Mann wurde wütend und wollte ihm das Telefon aus der Hand nehmen. In diesem Moment sprang Billy auf und attackierte den Mann.

Mani zog mit Mühe den nervösen Hund von dem Eindringling zurück, doch der Mann wollte trotzdem nicht gehen. Mani warnte ihn noch einmal: „Nimm dich vor meinem Hund in Acht! Er konnte dich sogar töten, wenn du weiter hierbleibst! Ich werde dich nicht anzeigen, wenn du meine Spielhalle jetzt unverzüglich verlässt. Denn wenn die

Polizei vorbeikommt, holt sie dich hier mit Gewalt und zur Not sogar mit Handschellen raus. Sei jetzt vernünftig und respektiere das Gesetz!"

Nach einigen weiteren Warnungen verließ der Eindringling endlich die Spielothek. Mani musste die ganze Zeit seinen Hund an der Leine festhalten. Als der Eindringling endlich gegangen war, holte Mani tief Luft. Nachdem er ein Glas Wasser getrunken hatte, fuhr er nach Hause zu seiner Familie. Er war froh, dass zum Schluss alles gut verlaufen war. Der Eindringling war wahrscheinlich durchgedreht. Dafür muss jeder Verständnis haben, denn solche Menschen sind seelisch oft fix und fertig. Wenn man dazu in der Lage ist, sollte man sich unbedingt um solche Menschen kümmern und sich mit ihnen solidarisieren.

Einmal, am Anfang des Monats, kam eine Frau in die Spielothek, um die Gäste zu kontrollieren. Sofort wurden einige unruhig: Sie standen schnell von ihren Plätzen auf und verließen ihre Sitze. Jeder versuchte, sich in einer Ecke zu verstecken.

Normalerweise verlässt kein Spieler seinen Platz ohne gravierenden Grund. Einige gingen sogar zu den Toiletten, und alle schlossen die Tür blitzartig hinter sich zu. Die Dame, die gekommen war, konnte die Gäste nur noch von hinten bei ihren Fluchtversuchen sehen.

Mani wunderte sich über die Szene. Es kam ihm merkwürdig vor. Die Dame beobachtete die Spielothek sorgfältig. Anschließend kam sie zum Tresen zu Mani und fragte ihn, warum die Gäste sich von ihr versteckt hätten. Sie wollte alle Gäste überprüfen.

Mani fragte sie, wer sie überhaupt sei und was sie in der Spielhalle suche.

Erst wollte sie Mani keine Antwort geben, doch er ließ nicht locker. Er fragte sie sehr höflich: „Gnädige Dame, was suchen Sie hier? Wie kann ich Ihnen behilflich sein? Ich trage hier die Verantwortung. Entweder stellen Sie sich mir vor oder ich rufe die Polizei an, und Sie werden wegen Ruhestörung angezeigt."

Mani wusste, dass jeder Kontrolleur sich vorstellen muss. Die Dame antwortete Mani schließlich, sie sei von der Behörde. Mani fragte sie nach ihrem amtlichen Ausweis, und die Dame zeigte ihn vor.

Es erwies sich, dass sie nicht vom Finanzamt war, sondern nur vom Sozialamt. Mani sagten ihr: „Das Sozialamt ist nicht berechtigt, meine Spielothek zu kontrollieren."

Die Sozialbeamtin erwiderte: „Ich will mich nur überzeugen, dass hier kein Sozialhilfeempfänger sein Geld verspielt."

Mani sagte ihr laut und deutlich: „Meine Dame, was Sie hier praktizieren, ist unzulässig und gesetzeswidrig. Hiermit erteile ich Ihnen ein absolutes Hausverbot. Sollten Sie hier wieder auftauchen, werden Sie unverzüglich bei der Staatsanwaltschaft angezeigt."

Danach verließ die Beamtin die Spielothek. Die verängstigten Gäste tauchten langsam wieder auf und bedankten sich herzlich bei Mani, dass er sie in Schutz genommen hatte. Mani wunderte sich über die Anzahl der Sozialempfänger in der Spielhalle. Einige von ihnen zählten zu den zuverlässigsten Stammgästen.

Eine junge Frau kam jeden Monat ein paar Mal in die Spielothek, um zu spielen. Einmal sah sie sehr traurig aus. Mani machte sich Sorgen um sie und fragte sie, warum sie so traurig sei.

Sie antwortete, dass sie heute Geburtstag habe.

Mani wunderte sich. „Warum sind Sie dann traurig? Normalerweise freut sich doch jeder, wenn er Geburtstag hat!"

Die Frau antwortete: „Ich bin so traurig, weil ich dreißig Jahre alt geworden bin. Ich fühle mich wie eine alte Frau."

„Sie sind gar nicht alt! Vor allem Sie sehen so aus, als ob Sie höchstens fünfundzwanzig Jahre alt wären."

Die Frau erzählte Mani nun, dass ihr Mann sie dauernd wegen ihres Alters kritisiere. Seine Vorwürfe machten sie seelisch und psychologisch fix und fertig. Aus diesem Grund kam sie in die Spielothek, um sich abzulenken. Sie wollte durch das Spielen ihre Sorgen vergessen.

Weiterhin gab es eine junge hübsche Frau, die außerordentlich spielsüchtig war. Eines Tages musste sie ins Krankenhaus. Doch dort war es ihr zu langweilig, sie wollte unbedingt weg aus der Klinik. Sie nahm ihre Medikamente und etwas Geld mit, um sich zuhause auszuruhen. Doch statt nach Hause, kam sie direkt in die Spielhalle. Ihr Hals und ihr Kopf waren noch verbunden.

Mani ging zu ihr und fragte sie nach ihrem Zustand. Sie antwortete, sie wolle nur ein wenig spielen. Nach einem kurzen Spiel würde sie nach Hause gehen.

Nach einiger Zeit war ihr Geld alle. Mani hatte Mitleid mit ihr und zahlte ihr aus der Kasse ihren Verlust komplett aus. Das sollte sich wiederholen: Insgesamt musste er ihr siebenmal ihren Verlust ersetzen. Beim achten Mal gab er ihr außerdem Geld für ihre Medikamente, und sie versprach, dass sie dieses Mal auf jeden Fall zur Apotheke gehen, sie kaufen und danach direkt nach Hause gehen würde. Mani konnte allerdings durch das Fenster beobachten, dass sie statt zur Apotheke direkt zur nächsten Spielhalle ging.

Eine anwesende Kundin kannte die Dame. Sie erzählte Mani, ihr Exmann sei ein Unternehmer gewesen. Nach der Scheidung habe sie das gemeinsame Haus als ihren Anteil bekommen. Da sie jedoch nicht in der Lage sei, die Hypotheken dafür bei der Bank aufzubringen, sei ihr Haus versteigert worden. Noch immer stehe es leer. Die Frau habe keinen Schlüssel mehr für den Hauseingang, deshalb steige sie nun immer mit einer Leiter in ihr versteigertes Haus.

Das war eine sehr traurige Geschichte. Die Frau war offenbar krankhaft spielsüchtig. Leider hatte sie auch eine siebenjährige Tochter. Der Vater zahlte ihr monatlich Unterhalt, doch das Kind trug im Winter Sommerkleidung. Das arme Mädchen tat jedem, der sie sah, leid. Doch weder Mani noch ein anderer konnte ihr helfen. Wenn jemand der Frau wegen ihres Kindes Vorwürfe machte, war sie beleidigt und dann fing sie an zu weinen. Sie lehnte jeden Rat und jede Hilfe ab. Einen festen Arbeitsplatz hatte sie nicht.

Manchmal wollte sie länger in der Spielothek bleiben. Ihretwegen musste Mani dann Überstunden machen. Denn bei der Kälte, insbesondere im Winter, konnte er sie nicht ausweisen. Die Frau spürte, dass Mani ein weiches Herz hat. Das hat sie oft ausgenutzt. Mani konnte nie das Leid oder das Weinen eines Menschen ertragen. Oft fühlte er sich verantwortlich für solche Situationen, denn schließlich gehörte der Betrieb ihm.

## Kapitel 44: Beschwerden und Wohnungseinbruch

Ich habe oft erlebt, dass zuverlässige Bekannte oder Freunde plötzlich unerwartet keine Zeit haben, wenn es darum geht, bei einem Umzug oder einer Renovierung Hilfe zu leisten. Am meistens wird versucht, sich zu verstecken. Viele bemühen sich, deinem Blick auszuweichen. Ruft man sie an, sind sie entweder nicht zu erreichen oder haben im Augenblick keine Zeit. Viele versuchen bewusst, gar nicht erreichbar zu sein, andere wollen sich angeblich später, bei nächster Gelegenheit, melden.

Wenn alle erforderlichen Arbeiten tipptopp ausgeführt sind, tauchen sie nach und nach wieder auf und fragen dich, ob sie dir irgendwie Hilfe leisten können.

Viele Menschen kennen solche Situationen, und ich bin keine Ausnahme. In meinem Leben wurde ich öfter mit solchen Problemen konfrontiert. Wenn ich einmal einen Erfolg erzielt habe, hatte ich zuvor Misserfolge erlebt. Doch immer weiter, durch alle Niederlagen hindurch, habe ich meine Karriere aufgebaut und geplant. Meine Erfolge verdanke ich praktisch auch meinen engen Freunden bzw. Familienangehörigen, obwohl einige von ihnen mich ausgenutzt haben. Es ist eine traurige Wahrheit: Vertraute Bekannte haben mich unzählige Male finanziell hereingelegt, und oft haben sie mich komplett ruiniert. Ich habe meine besten Erfolge errungen, wenn ich mit niemandem darüber diskutiert habe. Je weniger ich anderen gegenüber über meine Erfolge geplaudert habe, desto erfolgreicher war ich. Dies bezeugen die

Erfahrungen aus meiner Studienzeit und meine Erlebnisse während meiner unternehmerischen Tätigkeit. Erfolge sollten am besten am Ende durch andere beachtet und gewürdigt werden, aber man sollte sie auf keinen Fall ausplaudern oder sich mit ihnen rühmen. Wie in der Politik, sollte man sie anderen diplomatisch vermitteln, das ist die beste Strategie bei neidischen Konkurrenten. Vor allem sollte man sich mit anderen nie über die eigenen Finanzen unterhalten. Am Schlimmsten ist es, wenn man mit engen Verwandten über sein Vermögen redet – dann dauert es nicht lange, bis man komplett ausgeplündert wird. Danach ziehen alle sich zurück. Leider ist es meine Erfahrung: Finanzieller Schaden kommt am meisten durch reiche, vertraute Verwandte. Selten wird man durch ärmere Verwandte missbraucht. Mehr oder weniger viele Menschen werden im Leben mit solchen Problemen konfrontiert.

Bei jedem derartigen Missbrauch wandelt sich die ursprünglich freundliche Beziehung durch den Betreffenden natürlich zu einer feindlichen. Wird das Vermögen eines Unternehmers durch eine leichtsinnig erteilte Generalvollmacht ausgeplündert, bekommt man normalerweise keinen Cent zurück, und bei Rückforderungen des eigenen Geldes begegnet man plötzlich Hass und Neid. Das hart verdiente Geld wird durch vertraute Bekannte allzu leicht ausgegeben.

Mani merkte leider zu spät, dass er sein Vermögen durch seinen vertrauten Familienkreis komplett verloren hat. Deshalb war er nicht mehr in der Lage, es für weitere Investitionen zu verwenden. Schließlich musste er aufgrund seiner kritischen Situation seine Geschäfte nach und nach aufgeben. Am Ende war er froh, keine Schulden gemacht zu haben, denn er hatte sie rechtzeitig im Voraus beglichen.

Als letzte Hoffnung besaß er seinerzeit ein Luxusappartement in Teheran. Doch sein reicher Schwager vernichtete sämtliche Dokumente des Appartements, und zusätzlich verschwand eine Überweisung nach Teheran in Höhe von 30.000,00 DM. Der Schwager behauptete, er habe das gesamte Geld zusammen mit den Dokumenten über das Appartement an Manis Schwester Heide, seine Frau, weitergeleitet. Doch Heide versicherte Mani, sie habe weder den Geldbetrag noch die Appartementdokumente je von ihrem Mann bekommen.

Inzwischen hat Manis Schwager Heide wegen einer jüngeren Frau verlassen, und die beiden sind geschieden. Während dieser Zeit starb zuerst die Mutter von Mani. Für die Ehre seiner Mutter musste er seine Spielotheken verlassen, um an ihrer Beerdigung in Teheran teilzunehmen. Kaum kehrte er nach Deutschland zurück, starb sein Vater, und diesmal ist er für die Ehre seines Vaters nach Teheran geflogen, um an seiner Beisetzung teilzunehmen.

In Teheran versuchte Mani weiter, sein dortiges Appartement zu verkaufen. Zuerst musste er ein neues Dokument für das Appartement beantragen lassen, denn der Schwager hatte durch eine Vollmacht von Mani mit der Hinterlegung seines Appartements einige tausend Euro Kredit von einer Bank aufgenommen.

Vor der Kreditübernahme bei der Bank wandte der Schwager sich an Mani um Hilfe, denn er brauchte Sicherheiten. Mani war sehr gutmütig: Per Vollmacht hinterlegte er sein Appartement bei der Bank als Sicherheit für den Kredit des Schwagers. Später jedoch wollte dieser den Kredit nicht mehr zurückzahlen. Doch das war reiner Betrug, denn er hatte Geld. Mani bemühte sich sehr, bis der Schwager seinen Kredit bei der Bank endlich zurückzahlte. Das war eine bittere Erfahrung für Mani. Der Schwager versuchte durch Hilfe seiner Frau Heide,

Mani von einer Bürgschaft zu überzeugen. Heide erzählte Mani, sie und ihr Mann seien in finanzielle Not geraten und würden bankrottgehen, wenn sie keine finanzielle Unterstützung von der Bank bekämen. Heide garantierte Mani wiederholt, sie lege für die Zuverlässigkeit ihres Mannes die Hand ins Feuer.

Später erfuhr Mani, dass der Schwager das Geld mit höheren Zinsen bei einer anderen Bank angelegt hatte, um Profit zu machen. Der Vorwand mit der Pleite war eine reine Lüge gewesen, um ihn hereinzulegen. Mani hat Heide trotzdem verziehen, denn später haben die beiden ihren jüngeren Sohn wegen eines Herzinfarktes verloren. Der Sohn war ein kräftig gebauter, gutaussehender Junge, und plötzlich starb er durch einen Infarkt. Mani vermutet, dass sein Neffe durch die Scheidung seiner Eltern und die neue Heirat seines Vaters mit einer jüngeren Frau seelisch sehr gelitten hat. Dadurch ist er möglicherweise gestorben.

Nach einigen Monaten gelang es Mani mit viel Mühe, sein Luxusappartement in Teheran an eine Lehrerin verkaufen, und danach kehrte er wieder zurück nach Deutschland. Durch den Verkauf der Wohnung hatte er 120.000,00 Euro erzielt. Er überwies das Geld vom Iran aus nach Deutschland.

Danach gab es in Manis eigenem Leben eine sehr unangenehme und traurige Entwicklung: Er und Christel ließen sich scheiden. Seine Exfrau wollte zunächst mit ihrer Tochter gemeinsam wohnen, deshalb nahm sie aus der Einrichtung der Wohnung alles heraus, was sie mit den Kindern verwenden konnte. Sie hatte praktisch freie Auswahl. Danach stellte sie den Rest der Möbel vor der Eigentumswohnung von Mani ins Groß-Borstel ab. Sie wollte allein mit ihrer Tochter Maria leben. Wie verhext, wollte sie unter keinen Umständen mehr mit Mani zusammen leben. Mani sagte ihr, sie könnte alles, was sie wollte, aus der Wohnung mitnehmen. Es gab keinerlei Streit darüber.

Mani war sehr traurig über die Trennung. Gerade erst hatte er seine beiden Eltern verloren, und danach seine Frau und die Kindern. Die erste Zeit nach dem Einzug in seine Wohnung ging es ihm sehr schlecht. Stundenlang ging er im Wohnzimmer hin und her, um sich zu beruhigen. Eine dunkle Zeit in seinem Leben hatte begonnen. Alle Gegenstände aus seinen Geschäften waren im Lager gelandet: mehrere tausend Videofilme, CDs und so weiter. Bis heute hat er keinen passenden Platz dafür gefunden. Er ist immer noch auf der Suche. Er hofft auf irgendeine Hilfe, denn der Lagerplatz wird bei Kälte nicht geheizt. Früher, als Mani Vermögen zur Verfügung hatte, dachte er nicht an seine Zukunft.

Christel hatte immer bestimmte Vorstellungen von einem Haus. Einmal fand Mani ein ideales Einfamilienhaus. Seine Bank genehmigte die notwendige Hypothek, und der Notar hatte schon den Kaufvertrag ausgefertigt. Er musste nur noch unterschrieben werden. Mani und die Kinder waren sehr froh über den Kauf des Hauses.

Auf einmal aber verdächtigte Christel ihn als Kindermörder. Denn in dem Haus gab es einen Swimmingpool, und sie fürchtete, die Kinder könnten im Pool ertrinken. Mani war empört und enttäuscht. Christel hatte das Haus vorher oft besichtigt und geprüft. Sie war hundertprozentig begeistert davon, und nun plötzlich war ihr Interesse auf null gesunken. Höchstwahrscheinlich war sie durch ihren Bekanntenkreis negativ beeinflusst worden.

Über den unerwarteten Rückzug war nicht nur Mani, sondern auch der Verkäufer des Hauses sowie der Kreditgeber, also die Bank, und der Notar enttäuscht und entsetzt. Doch gegen den Willen von Christel war nichts zu machen. Mani vermutete sogar, dass sie sich durch den Einfluss ihres neidischen Bekanntenkreises von ihm getrennt hat. Christel hat das Glück der eigenen Familie in die Luft gesprengt. Sie hat sich plötzlich sehr hart und kalt verhalten.

Einige Jahre nach der Trennung mit Mani wollte Christel sich mit ihm versöhnen. Mani hatte durch die Trennung von ihr sehr viel Zeit und Vermögen verloren. Seine ganze Existenz war unglücklich zersprengt worden. Er wollte nicht mehr wie ein Ball hin- und hergeschoben werden. Bei der Trennung waren seine Nerven sehr beansprucht und sein Herz verletzt worden, daher konnte er Christel nicht wieder guten Gewissens vertrauen. Wahrscheinlich wurden auch die Kinder durch die Trennung der Eltern tief enttäuscht und verletzt. Heute haben sie sich nicht nur von Christel, sondern auch von Mani distanziert.

Mani hatte in der Vergangenheit als kleines Kind unter der Trennung seiner Eltern sehr gelitten. Er hatte nie eine schöne Kindheit gehabt; ständig hatte er sich unglücklich und unwohl gefühlt. Heute, als reifer, erfahrener Mann, muss er unter der Ignoranz seiner Kinder leiden. Trotzdem ist er ein friedlicher, diplomatischer Mensch geworden. Er nimmt jede Schuld für sein Schicksal auf sich, sei es die Trennung von seiner Frau oder die Aufspaltung seiner Familie. Für alles fühlt er sich verantwortlich. Er liebt sein Schicksal genauso wie sein Leben. Er akzeptiert sein dunkles Ende ebenso wie seinen glücklichen Anfang. Er weiß, dass er einst allein, ohne Familie, nach Deutschland gekommen ist, und deshalb wundert er sich auch nicht, wenn er sein Leben allein, ohne Begleitung seiner Familie, beenden muss. Er liebt Hamburg heute ebenso wie seine Geburtsstadt Teheran. Den Iran betrachtet er als sein Mutterland, in dem er geboren wurde, doch da er die meiste Zeit seines Lebens in Hamburg verbracht hat, ist Deutschland heute sein Vaterland und Hamburg sein zweite Heimat. Hier hat er seine Ausbildung empfangen und studiert. Immer, wenn er Deutschland verlässt, bekommt er Heimweh.

Nachdem Mani seine Videotheken in Hamburg aufgeben musste, war er sehr traurig. Anschließend musste er auch seine Spielotheken in Sievershütten und in Wedel aufgeben. Zusätzlich starb kurz darauf auch sein treuer Rotweiler Billy. Das Ende seines Hundes war am traurigsten.

An dem Abend, als Billy starb, schaute er mit seinen traurigen Augen in das Gesicht von Mani, und dann fing er an, wie ein Mensch zu sprechen, aber in undeutlichen Lauten. Dadurch wollte er sich wie ein Mensch von seinem Herrchen verabschieden. Mani wurde so traurig, dass er angefangen hat zu weinen wie ein kleines Kind. Er schrie: „Billy, Billy, Billy!"

Der treue Hund konnte das Leid seines Herrchens nicht ertragen und wurde wieder still. In diesem Moment ging es Mani noch schlechter. Bis zum letzten Atemzug hat Billy ganz stillgehalten. Kurz nachdem er sich erbrochen hat, hat er dreimal stark gezuckt, und dann ist er gestorben.

Mani war so traurig, als wäre sein eigenes Kind gestorben. Der Augenblick war für ihn sehr schmerzhaft, denn er hatte nicht nur seine Geschäfte verloren, sondern auch seine Familie, und jetzt verließ ihn sogar sein treuer, lieber Hund. Alles kam ihm vor wie ein Alptraum. Sein trauriges Schicksal erinnerte ihn an seine dunkle Kindheit. Doch das Leben musste trotzdem weitergehen.

Mani überlegte lange, welches neue Geschäft er für seinen Lebensunterhalt aufnehmen sollte. Er studierte Anzeigen im Internet, wollte aber nicht sein gesamtes Kapital auf einmal investieren. Er hatte großes Interesse an einem Geschäft mit Pizzalieferung. Ein Geschäft zu führen, darin hatte er große Erfahrung. Aber er hatte keine Erfahrung, was das Betreiben eines Geschäftes mit einer Pizzalieferung angeht.

Zuerst übernahm er ein kleines Restaurant mit einem Pizzaservice. Es war unter dem Vorbesitzer sehr gut gelaufen, aber Mani hatte vom Kochen und Backen nur wenig Ahnung. Er stellte passendes Personal ein, doch es lief nicht gut, denn alle haben schnell gemerkt, dass der Chef im Kochen und Backen keine Erfahrung hat. Jeder versuchte, sich ihm gegenüber wichtig zu machen, und es wurde nicht ordnungsgemäß gearbeitet. Dadurch sanken die Einnahmen nach und nach. Bei der Lieferung gab es ebenfalls Probleme: Manchmal dauerte eine kurze Lieferung länger als zwei Stunden. Und jeder versuchte, sich mit faulen Ausreden zu entschuldigen.

Ein Koch hatte immer sein Handy in der Hand, er arbeitete nur mit einer Hand. Einige Köche haben jeden Tag während der Arbeitszeit privates Essen für sich und Freunde gemacht und dann gratis mitgenommen.

Mani hat durch einige Freunde gelernt, wie man am besten Pizzateig zubereitet und Pizza bäckt. Nach und nach hat er auch gelernt, wie man eine Pasta macht. Pasta und Pizza waren sein Lieblingsessen. Seine „Kochlehre" hat ihn viel Zeit und Geld gekostet, aber am Ende ist es ihm gelungen, selbst sehr gute Pizza und Pasta zu backen und zu kochen. Seine neue Freundin Jot Well hat ihm viel dabei geholfen.

Mani war mit *Pizza Joey* benachbart; der damalige Besitzer hatte sein Geschäft an Mani verkauft. Später hat er zusätzlich zu seinem kleinen Restaurant den Lieferservice von *Pizza Joey* übernommen. Doch der *Joey*-Hauptunternehmer wollte mit ihm keinen Franchisevertrag abschließen. Der Hauptunternehmer *Joey* hatte in 600 Metern Entfernung einen eigenen großen Lieferservice, daher wollte das Hauptunternehmer keinen Vertrag mit Mani.

Mani hat seinen Lieferservice *Boey* genannt. Der Hauptunternehmer von *Joey* hat Mani daraufhin wegen der Ähnlichkeit des Namens mit *Boey* angezeigt. Leider hat Mani den Prozess verloren und musste über 7.000,00 Euro Schadensersatz zahlen. Er war mit den Nerven fix und fertig, doch um weitere Kosten zu vermeiden, legte er keinen Widerspruch gegen das Urteil ein. Er hat nicht einmal einen Anwalt gehabt. Mani hat den Gesamtschaden akzeptiert und gezahlt.

Einige Monate betrieb er das kleine Restaurant zusammen mit dem Pizzaservice. Durch Anzeigen wurde das Restaurant endlich verkauft, und Mani kaufte einen neuen Pizzaofen, zuzüglich eines Ofens als Reserve für seinen Pizzaservice. Später, nach einigen Monaten, wurde auch dieses Geschäft verkauft.

Danach hat Mani keine Beschäftigung mehr ausgeübt. Stattdessen hat er in Ländern wie der Türkei, Italien und auf den Kanarischen Inseln Urlaub gemacht. Mani war von Rom und insbesondere von der Kanarischen Inseln fasziniert. Sie sind bekannt als das Land im ewigen Sommer. Im Winter kann man dort sogar im Meer schwimmen. Viele ältere Menschen wie Rentner verbringen in der Winterzeit dort ihren Urlaub.

In Teneriffa und auf den gesamten Kanarischen Inseln gibt es keinen Zoll. Alle Waren auf der Insel sind zollfrei. Die Bewohner sind sehr friedlich und nett. Dort wachsen wunderschöne Palmen. Jeder kann monatlich zweimal ein Wochenblatt in deutscher Sprache lesen. Viele ältere deutsche Paare verbringen Zeit auf den Kanaren, machen jährlich mehrere Monate dort Urlaub, und alle sehen fit und zufrieden aus. Das Klima ist traumhaft und für ältere Menschen sehr erholsam, deshalb gehen viele Menschen während der Wintermonate gern zum Strand, um die See und die gute Luft zu genießen. Das Rauschen der Brandung ist traumhaft. Auf der Insel fühlt jeder Spaziergänger sich insbesondere während der Wintermonate wohl. Wegen des Vulkans auf der Insel hat der Sand am Strand eine schwarze Farbe.

## Epilog
Wichtige Mitteilung an die Leserinnen und Leser

Es wird dringend um Beobachtungen durch Leserinnen oder Leser dieses Buches gebeten. Es handelt sich um Auskünfte über einen Einbruch im März 2008 in dem Appartement von Mani. Der Tatort ist Hamburg Groß-Borstel, genau am Anfang der Straße von Klotzenmoor. Sämtliche Hinweise können unter der Handynummer 01724269435 oder per E-Mail an den Diplom-Geol. M. Pourbaghai gemeldet werden: ls195@gmx.de.

Diese Anfrage bezieht sich auf den traurigsten Teil des Lebens von Mani. Er besaß in seiner obengenannten Eigentumswohnung einen silbergrauen Tresor. Die Größe des Tresors betrug etwa 1 m X 1 m X 1m. Alle Kanten waren abgerundet. Mani stellte den Tresor beim Einzug in sein Apartment auf dem Fußboden des Wohnzimmers ab; später wollte er ihn an der Wand bzw. auf dem Fußboden verankern.

Unmittelbar nach dem Einzug in das Apartment haben Einbrecher eine Scheibe eingeschlagen und anschließend durch die Fensterklappe die Wohnungstür geöffnet. Danach sind sie in die Wohnung eingedrungen und haben den Tresor komplett mit dem Inhalt ausgeraubt. In dem Tresor lagerten folgende wertvolle Gegenstände: Verschiedene Goldmünzen sowie einige lange Goldketten, ein Platinring mit einem Brillanten (1 Karat). Weiterhin lagerte in dem Tresor eine Golduhr mit Goldarmband.

Hinzukam ein Verlobungsring von Manis früherer amerikanischen Verlobten Dalia. In dem Ring ist der Name Dalia eingraviert. Entwendet wurde außerdem Manis komplette Türkis-Sammlung. Sie umfasste 50 echte Türkise. Jeder Türkisring hatte eine passende Fassung aus Kupfer. Alle Steine mit der Fassung standen nebeneinander in einem weißen Schmuckkasten aus Kunststoff, Größe 10 cm X 25 cm.

Zusätzlich lagerten in dem Tresor verschiedene Olympiamünzen, verschiedene alte Briefmarken und einige Tausend Euro Bargeld.

Leider fanden die Einbrecher den Spezialschlüssel für den ausgeraubten Tresor an seinem versteckten Platz im Kleiderschrank. Dementsprechend haben sie den Tresor mit Originalschlüsseln komplett aus dem Apartment mitgenommen. Mani hatte es leider versäumt, seine Wohnung zu versichern. Die Einbrecher wurden bis heute nicht identifiziert bzw. nicht gefasst.

Mani bietet hiermit Euro 10.000,00 als Belohnung für die Ergreifung der Einbrecher sowie für Hinweise, die dazu führen, die geraubten Gegenstände wiederzufinden.

Einige der gestohlenen Gegenstände weisen gravierende Merkmale auf. So war zum Beispiel seine antike Uhr aus der Schweiz, Fabrikat Ernest Borel. Am Rand der Uhr sind die iranischen Wochentage in iranischen Buchstaben aufgeschrieben. Oben, in der Mitte des Uhrblattes, stehen die iranischen Monate in iranischer Schrift. Alle Datenangaben funktionieren automatisch nach dem Aufziehen der Uhr. Das Zifferblatt ist schwarz mit einer automatischen Monatsanzeige in Iranisch. Ein Uhrzeiger ist aus Gold, ein anderer wurde nachträglich durch einen Metallzeiger ersetzt. Vielleicht hat jemanden irgendwo diese exotische, antike alte Uhr gesehen? Oder wo wurde sie irgendwo zum Verkauf angeboten?

Ferner stand auf der Fassung eines Goldringes ein Edelstein mit einem Karat Brillant. Auf einem anderen Goldring ist der Name der amerikanischen Professorin (Dalia Sakas) eingraviert. Sie war mit Mani verlobt.

Zusätzlich gab es verschiedene goldene Anhänger. Auf einem davon ist der Name „Maria" in iranischer Sprache eingraviert. Es gab ebenfalls einen Herrenring mit einem roten Rubin. Auf diesem Stein ist ein Satz in iranischer Schrift (ähnlich wie arabische Schrift) eingraviert.

Die Steine der Türkisringe (insgesamt 50 Stück) waren überwiegend oval bzw. rund geschliffen. Jeder Türkis hatte einige Karat. Die Türkise waren etwa so groß wie eine Paranuss. Alle Farben waren türkisblau. Die Edelsteine waren perfekt rein, ohne Spuren. Sie stammen aus dem Nordiran, Provinz Khorasan.

Die Tatzeit war März 2008, der Tatort Hamburg, Stadtteil Groß-Borstel in der Straße Klotzenmoor.

Entsprechende Hinweise können unter der Handynummer 01724269435 oder per E-Mail (ls195@gmx.de) bei M. Pourbaghai gegeben werden. Alle Hinweise werden vertraulich behandelt. Hinweise, die zur Auffindung der gestohlenen Gegenstände führen, werden mit mindestens Euro 10.000,00 belohnt. Zusätzlich wird garantiert, dass auf eine Anzeige gegen die Täter verzichtet wird, wenn sie sich persönlich melden.

Es ist noch zu erwähnen, dass die Herrenuhr (Fabrikat: Ernest Borel) einzigartige Eigenschaften besaß. Diese spezielle Uhr war am äußeren Rand in iranischer Schrift graviert und wurde überwiegend in der Schweiz angefertigt. Demgemäß ist sie nur sehr schwer abzusetzen, denn sie ist leicht jederzeit durch die Polizei zu identifizieren. Sie war ein Erbstück von Manis Vater.